비가 옆으로 내리는 날

비가 옆으로 내리는 날

손남목 지음

푸른
쉼표

책을 열며

비가 옆으로 내리는 날.

바람이 세게 부는 날.
큼지막한 우산을 써도 소용이 없다.
빗줄기가 수평으로 들이친다.
바람이 닿는 온몸 구석구석 빗방울이 들러붙는다.
축축하게 젖는다.

"차라리 우산을 접고 걸을까?" 하고 생각한다.
비를 피하려는 최소한의 노력이 통하지 않는 날이다.

삶은 때때로 이와 같은 상황을 만든다.
나의 의지보다 더 큰 힘으로 실패와 좌절의 순간을 경험시킨다.

거센 비바람이 불 때 우산이 아무 쓸모가 없듯이,

어려움이 불어 닥칠 때

잠시 숨결을 놓아두는 것도 필요하다.

지쳤을 때 잠시 쉬어도 좋다.

쓰러졌을 때 아등바등 일어서려 하지 않아도 좋다.

사람들은 대개 반듯한 것을 옳고 좋은 것이라 믿는다.

하지만 세상은 옆으로 비스듬하게 돌아간다.

23.5도 기운 지구는 기운 채로 자전하고 공전한다.

사람 인(人) 자도 옆으로 기울어져 있다.

이렇듯 옆으로 비스듬하게 기운 채로 흐르는 것이,

우리의 자연스러운 삶일지도 모른다.

아내가 내 어깨에 비스듬하게 기대어 있다.

나도 그런 아내에 기대어 있다.

서로가 서로에게 의지하여 비스듬하게,

쓰러지지 않고 힘을 나누어 선다.

마음을 기대어 함께 서 보자.

2019년 6월 23일 결혼기념일을 앞두고

내게 기댄 아내 곁에 나도 기대어, 손남목

목차

1부, 앞쪽에 놓인 시선

2부, 틈 그사이의 추억

3부, 뒤쪽에 놓인 기억

1부,

앞쪽에 놓인 시선

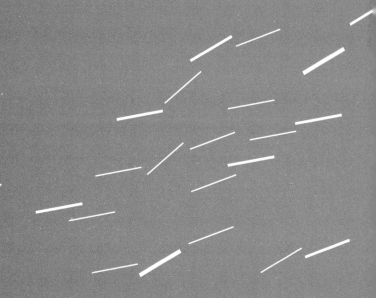

나의 한 마디가 너에게 전해지기를

나에 대한 상대의 마음이 궁금하다면,

양손을 펴고
남자는 새끼손가락을
여자는 약지 손가락을 맞대어 보자.

손가락의
한 마디를 재어 볼 때
그 길이가 똑같은가?

똑같다면 좋아한다는 것이다.
다르다면 좋아한다는 것이다.
결과가 어떻든 좋아한다는 것이다.

손가락을 맞대어보자 했다면
나를 좋아하는 것이다.

나는 너에게
재미있는 연극 같은 사람이면 좋겠다

좋은 책은 가까이 두고 여러 번 본다.
그때마다 다른 맛을 느낀다.

재미있는 연극은
한 번 보고 두 번 보고
혼자 보고 친구와 보고
자꾸 본다.

나는 너에게
재미있는 연극 같은 사람이면 좋겠다.

한 번 보고 두 번 보고
나를 자꾸
보아 주면 좋겠다.

띄어쓰기는 접착테이프와 같아서
제때 띄우지 못하면 다신 못 쓴다

요즘은 할 말이 있으면
전화보다 문자를 보낸다.

그때 맞춤법이 틀리거나 띄어쓰기가 틀리면
이미지가 산산이 부서진다.

문자보다 말이 앞섰던 과거에도 그랬다.
화법이 억세거나 말을 더듬거리면
이미지가 산산이 부서지고는 했다.

만나면 마냥 설렜던 그녀와 한참을 걸으며
어떻게 말을 꺼낼까 뜸을 들이다
겨우 꺼낸 말이

"자, 고가."
"뭐?"
"자, 지금부터는 고가도로를 넘어야 한다고."
"아, 나 다리 아파. 그냥 버스 타고 갈래."

넌 그대로 버스를 타고 고가도로를 넘어
떠나가 버렸다.
나는 네가 탄 버스를 하염없이 바라보다가
가만 속삭였다.

"자고 가."

가끔은 이런 고백도 좋으니까

눈앞에 장관이 펼쳐지면,
멋진 시가 떠오르고
노래 가사가 떠오르고
좋은 문장이 떠오르기도 한다.

가끔
생각이 사라지는 순간이 있다.

한밤중 드넓은 바다를 가로지르는 달빛,
바람에 너울거리는 푸른 보리밭,
구름 안에서 폭발하는 태양.

숨소리마저 그 순간의 아름다움에 흠이 될까 봐
살살 내뱉는다. 들이마신다.
오롯이 그 순간을 느낀다.

지금도 그러하다.

너를 보는 이 순간.

매운데 맛있고
미운데 사랑하고

맵다.

혀가 아리다.

속이 쓰리다.

그런데 맛있다.

그래서 계속 먹는다.

미련하게 먹다가

설사가 나기도 한다.

미련하다고 구박도 받는다.

그럼에도

언제 그랬냐는 듯 다시,

또 먹는다.

밉다.

눈물이 흐른다.

마음이 아프다.

그런데 사랑한다.

그래서 계속 본다.

어리석게 지켜보다가

병이 나기도 한다.

미련하다고 구박도 받는다.

그럼에도

언제 아팠냐는 듯 다시,

또 바라본다.

내 마음을 다 아는 척 하지 마

아무리 말해도 설득이 안 되는 친구가 있다.

한 번 고집을 피우면,
누가 말해도 듣지 않는 친구가 있다.
무조건 제 말이 옳다고 하는 친구가 있다.

정답이 정해진 것이라 하여도
오류가 있을 거라는 둥,
음모가 있을 거라는 둥,
절대 자신의 믿음을 꺾으려 하지 않았다.

그런 친구가
어느 날 틀림없다고 말했다.

"저 애, 나 좋아한다."

이건 아니다 싶었다.
학교 시험 문제도 아니고,
인생을 살아가는 데 불필요한 문제도 아니고,
친구의 삶에 아주 큰 아픔과 상처가 될 수 있는
문제라는 생각이 들었다.
그래서 친구의 단호한 한 마디가 터져 나왔을 때
나는 곧장 반응했다.

"똥 싸는 소리 하지 마라!"

나는 친구의 착각이라는 이유를
도합 스무 가지는 대었던 것 같다.
그러자 친구는 그런 내 이유에는 아무 관심 없다는 듯
자신은 변비가 없어서 똥이 아주 잘 나온다고 했다.
똥 쌀 때 소리가 거의 안 난다고 했다.

그래서 분명하다고 했다.

똥 싸는 소리와 자신의 논리 사이에

어떤 연관성이 있는지 나는 도통 이해가 안 됐지만,

어쨌거나 똥 이야기는 내가 먼저 꺼낸 것이고,

이래저래 답답하고 혼란스러워하고 있을 때였다.

친구는 곧장 여자에게 다가갔다.

몇 마디 나누는가 싶더니 도로 돌아왔다.

"뭐래?"

"지금 당장 대답하지 말고 좀 천천히 생각해 보라

고 했어."

"바로 퇴짜 맞을까 봐 도망쳐 왔냐?"

나는 웃었다.

다행이다 싶었다.

그래, 생각보다 조용히 끝나는가 싶었다.

그런데 며칠이 지난 어느 날,

친구가 내 앞에 여자를 데려왔다.
바로 그때, 그녀였다.

나는 어정쩡한 표정으로 꾸벅 인사를 했다.
친구가 말했다.

"낯을 많이 가려요. 그래도 좋은 녀석이에요.
잘해 보세요."

친구는 내 어깨를 툭툭 치더니 그대로 돌아섰다.
무슨 상황인가 싶었다.
두 눈을 끔뻑이고 있는 내게 여자가 말했다.

"지금 나간 친구 분이, 엊그제 저를 좋아하는 사
람이 있다고, 꼭 만나 달라고 부탁했는데……."
"그게 저라고요?"

그렇게 그녀와 이야기를 나누었다.
그리고 헤어진 뒤 곧바로 친구에게 전화를 했다.

"네가 좋아한다는 확신이 있었어.

하지만 분명히 하려고 너를 떠본 거야. 그랬더니

너는 나를 말렸어.

이유도 엄청 들어가면서 말렸지. 들킨 거지.

좋아하는 마음이 없었다면 나를 말릴 이유가 없을 테니

까."

친구는 내게 밥을 사라고 했다.

"밥 대신 죽을 사 줄게.

내가 너를 두들겨 패면, 밥 먹긴 힘들 테니까."

나는 씩씩거리며 말했다.

그리고 며칠 뒤 친구에게 밥을 사 주었다.

친구는 웃으며 내게 말했다.

"둘이 잘 어울려."

내 옆에는 그녀가 앉아 있었다.

내가 통화 버튼을 누르지 못한 채
망설이는 동안 그녀는

"뭐야? 왜 또 전화했어?"

"······."

"전화하지 말랬잖아! 우린 끝났다니까!"

"······."

"말해! 왜 전화해 놓고 말을 안 해!"

"······."

"치! 됐다. 역시 넌 비겁한 놈이야! 끊어!"

"······."

그녀가 수화기를 내려놓았다.

그때 언니가 들어왔다.

"그렇게 보고 싶으면 전화를 해 보던가!"

"……."

내가 전화기를 들고 망설이는 동안

그녀는 내게 들리지 않는 전화를 걸었다.

밤에 핀 해바라기는
별의 소중함을 생각했다네

금이 아름답다는 것을 알게 되면,
별이 아름답다는 것을 잊어버린다.

한낮 동안 줄곧 해를 따라다닌 해바라기가
밤이 되어 달빛과 별빛을 본다.
빛이라 생각할까.

술이 얼큰하게 취한 밤,
문득 고개를 들었을 때
밤하늘에 떠 있는 별을 보고 눈물이 났다.

별,
너는 아직 그대로 있더라.
내가 너의 소중함을
다시금 기억하리라 믿었던 것일까.

그러나 저 많은 별,
그보다 더 많은 나의 소중함은 사라지고 없다.
무엇이 사라졌는지 알아채지도 못하는 밤이다.

첫눈 내리는 날 가고 싶다

첫눈 내리는 날은
가고 싶은 곳이 있다.

눈이 얇은 담요처럼 깔린 호숫가 벤치에 앉고 싶다. 가로수 잎 다 떨어진 자리에 내려앉은 눈 쌓인 길을 걷고 싶다. 눈 내리는 날과 딱 어울리는 영화 한 편 보러 영화관에 가고 싶다.

머리 위에 쌓인 눈을 털고, 젖은 몸을 잠시나마 말리고, 얼어붙은 속을 잠시 녹일 수 있는, 뜨거운 어묵 국물 마시러 포장마차에 가고 싶다.

어느 곳보다,

"손이 꽁꽁 얼었네!" 하며 내 손을 잡고 비벼 줄

너에게 가고 싶다.

단상이 낮을수록 더 큰 박수를 받는다

공부를 잘해서, 운동을 잘해서, 재능이 뛰어났던 사람이라면 학창 시절 단상 위에 올라가는 경험을 한 번쯤 해 보았을 것이다.

그러나 지극히 평범한 성적에, 평범한 체력에, 평범한 학교생활을 하는 이들이 태반인지라, 단상이라는 곳은 일반 학생들에게는 다소 낯설고 대단한 공간처럼 여겨진다.

학창 시절, 내가 다닌 학교에서는 누군가 대단한 상을 받았다며 때때로 전교생을 운동장에 모아 놓고 상장 수여식을 벌이곤 했다.

나는 친구들과 함께 대열을 맞춰 선 채 얼굴을 잔뜩 찌푸렸다. 이름이 호명된 누군가가 단상 위로 올라가는 모습을 보고 모래땅 위로 욕을 뱉었다.

"빨리 좀 올라가라!"

시상식이 한참 이어지고 마침내 연설 끝에 단상 위로 올라간 누군가가 상을 받으면, 나와 친구들은 건들 거리는 몸짓으로 두세 차례 박수를 쳤다.

그럴 수밖에.

저 높은 단상, 내 눈높이에서는 도저히 보이지 않는 곳에서 일어나는 일에 관심이 일어날 리가 없었다.

연극 무대는 학교 운동장에 마련된 단상보다 더 신성해 보이는 곳이다.

연극 공연장에 들어서면, 오직 연기자가 서 있는 무대만이 떠들 수 있고, 움직일 수 있다. 학창 시절 운동장의 높은 단상보다 더 통제가 많고 빛을 받는 곳, 바로 무대인 것이다.

그러나 그곳에 선 사람들은 학교 운동장에 모인 학생 수보다 몇 배나 적은 관객으로부터, 몇 배나 큰 박수 소리를 받는다.

까닭은 낮기 때문이다. 높기 때문이다.

관객석보다 낮은 단상, 단상보다 관객석이 더 높기 때문이다. 누구나 잘 볼 수 있도록 설치한 무대이기 때문이다.

나의 활동 무대가 너무나 평범하다고 느끼는 사람이라면, 너무도 하찮다고 여기는 사람이 있다면, 기억했으면 한다.

지금보다 더 낮은 곳에 위치하더라도,
나의 이야기를 진솔하게 펼친다면,
지금보다 더 높은 단상 위에 올라설 때보다
더 큰 박수를 받을 수 있음을.

지금 당신의 말이 힘껏 달리다
발이 엉켜 내 귓가에서 쓰러졌습니다

싸우다 보면
말하지 말라고 한다.

싸우다 보면
왜 말을 못하냐고 한다.

묻고 싶다.

싸울 때조차 네 마음대로
강요하는 너.

너의 말은,
제대로 나오고 있는 건지.

비가 갠 푸른 하늘만 바라보며 걷다가는
발밑의 물웅덩이에 빠지고 말지

시험을 망쳤다. 세찬 비가 내리듯 시험지 위로 빗금이
줄줄 흘렀다. 늘 망쳤던 시험이니 또 망쳤다고 해서 기
분이 크게 나쁠 건 아니었다.
내 친구들이 생각할 때 그러했을 것이다.

하지만 나는 몹시 기분이 나빴다.

그보다 먼저 좌절했다.

그 시험을, 나는 한번 노력해 보았던 것이다. 남몰래 도전했던 것이다. 내 딴에는 도전이라고 치밀하게 준비했던 것이, 노력을 안 한 것만 못한 처참한 결과가 되어 돌아왔다.

이를 알 리 없는 친구들은 언제나처럼 나를 대했다. 시험이 끝났다는 그 사실에 안주하며 기뻐했다. 친구들에게는 비가 멈춘 것이다. 날이 갠 것이다.

하지만 내 속에는 잔뜩 쏟아진 빗물이 고여 있었다. 차마 말을 하지 못한 채 속울음을 삼키고 있던 내 어깨에 한 친구가 팔을 둘렀다. 내 경직된 얼굴 앞에 히죽 이를 보이며 웃었다. 나는 친구들을 따라 움직였다. 어딘가로 함께 향했다. 그러다 철벅!

내게 어깨동무를 한 친구가 물웅덩이를 밟았다. 내 신발 위로 물이 튀었다. 순간 나는 왈칵 짜증을 내고 말았다. 온 신경질을 다 부렸다.

친구는 사과했다. 자신의 가벼운 행동에 어울리는 딱 그만큼의 가벼운 사과를 내게 했다. 그러면 될 거라 판단했을 터다.

그러나 되돌아가는 나의 답변은 한없이 무거웠다.

친구는 순간 당황했고, 이내 화가 치솟았다. 나의 커다란 짜증에서 자신의 실수를 뺀 나머지, 그러니까 스스로 계산해 보기에 이 정도로 욕먹을 일인가, 너무 억울하다 싶은, 그 감정만큼을 내게 쏟아냈다.

우린 결국 티격태격 주먹다짐까지 갔다. 함께 걷던 친구들이 재빨리 뜯어말려 큰 사고는 안 났지만, 나와 친구는 그날 내내 서로의 마음을 때리는 소리 없는, 보이지 않는 감정싸움을 이어갔다.

그 뒤로 화해는 했다. 그러나 한번 틀어진 감정은 쉽사리 아물지 않았다. 어울려 놀았지만, 어딘가 모르게 불편하고 어색했다. 그렇게 점점 소원해지고 멀어졌다. 끝.

이 이야기는 여기서 끝이다. 다시 화해하는 그런 억지 결말은 없다. 다만, 이 사건을 계기로 깨달았을 뿐이다.

비가 온 뒤 날이 갰다고 좋은 날씨는 아니다. 숨어 있는 물웅덩이를 조심해야 한다. 그것은 쉽사리 눈에 띄지 않는다. 우리는 비가 오는 상황과 날이 갠 상황, 이

커다란 차이에 홀려 발밑의 물웅덩이를 못 보는 경우가 많다.

감정도 그러하다. 무뚝뚝한 사람이 웃는다고 해서 기분이 좋다고 가벼이 판단을 내리면 안 된다. 웃는 얼굴 뒤 어딘가에 물웅덩이가 있을지도 모른다. 그 물웅덩이를 밟지 않도록 조심해야 하는 것이다.

그것이 아마 우리가 흔히 말하고, 안다고, 잘 지킨다고 생각하는 '예의'가 아니겠는가.

별의 개수를 틀리지 않고 세는 방법

눈을 감는다.

별이 0개다.

이미지 도둑은
나를 칭찬했던 너였어

내 이미지를 송두리째 도둑질한 사람

그것은 바로,
나를 칭찬으로 부추겼던 사람들이었다.
그들의 칭찬으로 말미암아 생긴 나의 이미지.

나는 어느새
그것에 익숙해져 버렸다.
그것을 잃을까 전전긍긍하게 되었다.
아주 가벼운 스침에도 쓰라리게 느낄 만큼
연약한 사람이 되어 버렸다.

그리고 마침내
가벼운 상처를 입었을 때
나는 흘러내리는 이미지를 수습하려고
애쓰며 몸부림치다
쿵!

너의 목소리는 미꾸라지처럼
내 마음을 헤집어 놓고

"응."

좀 길었을 거야.
짧게 끊은 답이 아니었어.
좀 긴 듯한 미꾸라지처럼
내 물음에 너는 좀 늘어지는 답을 했어.

그런 거야.
투명한 연못이 미꾸라지의 몸짓에
탁해진 것처럼
네 꼬인 말씨에
내 마음이 요동친 거야.

"응?"

잡아떼지 마,
제발.
제발….
제발…….

그래, 잡아떼지 않을게.
내 마음이 지금 온통 흙탕물이야.
너의 가냘픈 숨소리마저 들려와.
내 마음을 헤집어 놔.

"음……."

미꾸라지처럼
비비 꼬지 말 걸 그랬지.
이제와 보이려 해도
뿌연 흙탕물처럼 보이는 내 마음.

너는 볼 수가 없지.

파도가 거세니
어부는 바다로 나갈 수밖에

파도가 거세고 바람이 사나울수록
몹시 위태로운 날씨일수록

어부는 바다로 향한다.
위험을 감수하며 나아간다.

어찌 그리 어리석은 행동을 보일까
의문이라면 몹시도 어리석은 생각이다.

어부라면 응당 바다로 갈 수밖에.
그곳에 어부의 모든 것이라 할 수 있는

배가 정박해 있으니
지켜야 할 게 있으니

겉으로 젊었던 내 친구는
누구도 모르는 속병이 깊었다고 한다.

여름날의 선선한 바람마저도
그에게는 동풍처럼 서늘했을 것이다.

그럼에도 그는 밖으로 나가
쉬지 않고 걸었다. 일했다.

그것이 친구의
모든 것을 지키는 길이었기 때문이다.

가족.
사랑하는 가족.

배고파 보이는 사람에게
먼저 주어야 할 건 계란이 아니다

기차를 타기 위해 서울역에 갔다.
시간이 남아 계란을 몇 개 샀다.

유난히 날씨가 좋았다.

볕은 따스했고, 바람은 잔잔히 불었다. 대기실에 앉아 기차를 기다리기에는 아까운 날씨였다. 그래서 바깥으로 나가 계단에 앉았다.

낯선 여행지의 어느 기차역 앞에 있을, 허름하지만 운치 있는 카페테리아를 상상하며, 또 그 앞에 하나쯤 있을 간이 의자를 떠올리며, 그렇게 계단에 앉아 계란을 까먹었다.

몇 걸음 떨어진 곳에 오지 마을에서나 만날 법한 차림새의 노숙인이 나를 빤히 쳐다보았다.

계란 하나를 목 깊숙이 넘기고 두 개째 계란 껍질을 벗겨 내던 중이었다.

한 번 눈맞춤이 있고 나자, 자꾸만 노숙인에게 신경이 쓰였다. 계란이 먹고 싶은 건가? 배가 고픈가?

날씨도 좋고, 여행하는 상상은 즐겁고, 시간도 여유롭고, 기분이 넉넉했다.

그래서 별생각 없이 일어나 노숙인에게 다가갔다. 계란 두 개를 내밀었다.

노숙인이 빤히 보더니 말했다.

"뭐요?"

뭐냐니, 순간 당황했다.

"아니, 좀 드시라고……."

"왜?"

나는 들어본 적 없는 외국어를 들은 양, 마땅히 대꾸할 말을 못 찾고 그만 말문이 콱 막혔다.

노숙인은, 아니 그때부터는 노숙인인지 아닌지 헷갈리기 시작했다. 내 멋대로 노숙인이라고, 내 멋대로 배고플 거리고, 단정 지었단 것을 그제야 깨달았다.

남을 돕고자 하는 마음은 선량했으나,
너무나 섣부른 행동에 스스로 민망해질 따름이었다.

지금 하는 일이
내가 하려고 했던 일이 아니라서

내가 지금 하는 일이
어제 하려고 했던 일이 아닐지라도

시작했으니 잘 끝내야 하는 게
책임감이라고 내 등을 떠미는 사람들은

책임감보다 중요한 건
지금 당장 잘못된 일을 멈추고
잘못 걸어온 길을 되돌아가는
용기가 더 소중하다는 것을 모를 것이다.

당연하다.
잘못된 일은 그들의 일이 아니라
나의 일이기 때문이다.

매일 물 주기보다
한 달에 한 번 물 주기가 더 어렵다

초록 식물을 열심히 키웠다.

그러나 번번이 말라 죽고,
알 수 없는 까닭으로 시들었다.
그것들은 모두 선인장 과였다.

물을 주는 주기가 길어서,
크게 신경 쓰지 않고
키우기 쉽다고 하여 권유 받았었다.

하지만 신경 쓰지 않는다는 건,
아예 내버려 두란 뜻은 아니었다.

뜸하게 봐야 했다.
그런데 그 뜸한 순간을 기억하기가 더 힘들었다.

매일 신경 쓰는 게 오히려 더 쉽고,
익숙하고, 자연스러운 일이었음을
십여 개가 넘는 선인장을 죽이고 나서야 깨달았다.

깨달아 새롭게, 다시 도전했다. 그리고 마침내
선인장을, 아니 나에게 꼭 맞는 식물을 찾았다.

튤립,
작은 양파 같은 덩이를 물에 집어 넣는다.
알아서 뿌리를 내리고 싹을 틔우고 줄기를 세운다.
그리고 꽃을 피운다.
오직, 물만 채워 주면 된다.

이마저도 죽인다면,
절대 식물을 키우지 않을 것이다.

슬픈 이야기를 듣고 웃었다, 하도 슬퍼서

우스움이 지나치면
눈물이 날 때가 있다.
웃다가 운다는 말이 있다.

화도 지나치면
헛웃음이 나오고
슬픔도 지나치면
웃음이 나오기 마련이다.

그래서
과장된 몸짓에
과장된 말을 하는 사람을 보노라면
갸우뚱하게 된다.

웃긴 사람,
웃는 사람,
하하하 호탕하게 웃는, 저 사람

지금 우는 게 아닐까.
하하하 저 소리가
저 사람의 우는 소리가 아닐까 싶어진다.

사랑 말고는 한 게 없어서

쉰,
다 되어 가는 친구가
애인과 헤어졌다 했다.

풋,
설었던 어린 시절의 감정이
아니었을 거란 생각에
상처가 클 거란 생각에
염려를 안고 찾아가 보았다.

친구는 아무렇지 않은 척 애써 밝게 웃으며 나를 반겼다. 실연의 아픔을 토로해야 찾아오냐며 무심하다고 핀잔을 던지고는, "배고프지?" 하고 물었다.

자상하구나.
이런 자상한 녀석이 애인과 헤어졌네.

친구는 냉장고를 뒤지는가 싶더니, 싱크대 찬장도 열고 닫으며 부산을 떨었다. 그리고 이내 질펀한 엉덩이를 철벅 내려앉으며, 내 앞에 맥주 한 캔과 라면 한 봉지를 내놓았다.

"뭐야?"

친구가 외려 나를 의아하게 보았다. 외려 "안 먹어 봤어?" 하고 되물었다.
나는 친구를 빤히 보았다. 맥주와 라면 봉지도 보다가, 맥주를 들어 가볍게 홀짝 했다.
그러는 동안 이런저런 위로와 이래저래 푸념이 오가고 오갔다. 대화가 무르익을 무렵, 나는 잔소리 아닌 잔소

063

리를 했다.

"우리 나이에는 품위가 있어야 해. 뭐든 능숙하고 자연스러워야지. 혼자 살아도 좀 멋스럽게 보여야 하지 않겠어? 다시 사랑 안 할 거야?"

친구는 큼직한 라면 하나를 들었다. 빨간 수프가 부슬부슬 떨어졌다. 얼른 손으로 받치더니 라면을 입속으로 집어넣고, 손바닥에 떨어져 있는 라면 수프도 입에 탈탈 털어 넣었다. 그리고 와작와작 씹었다. 한창 씹고 말했다.

"여태 사랑 말고는 한 게 없어서, 할 줄 아는 게 없다."

늦저녁이 다 돼서야 친구의 집을 나섰다.
돌아가는 내내 사랑, 그것이 머릿속을 떠나지 않았다.

사랑, 사랑만 해서
할 줄 아는 게 없는 내 친구

나도, 나도 사랑 말고는 한 게 없다.

사랑, 그것이 지금의 나를 만들었다.
사랑을 하며 사는 많은 사람들,
뭐 특별히 유별나게 사랑할까?
별반 다르지 않게 사랑하지 않을까?
친구의 물음이 떠올랐다.

너는 사랑을 어떻게 했니?
어떤 사랑을 했어?

수영을 못하는데 바다에 빠졌다면

너를 못 본다는 생각에 겁이 나
죽을 거다.

내 마음 아쉬워해도
눈은 금세 녹아버린다

가겠다는 기별이 없었음에도
혹여 하는 마음에
마을 어귀 가로등불 아래를
한참 서성이다 돌아가는 할머니처럼

마음을 주겠다는 말이 없었음에도
혹여 하는 마음에
네가 자주 오던 도서관 입구를
한참 서성이다 돌아간다.

혼자 기대했다 해서
아쉽지 않은 건 아니라
그저 또 혼자 아쉬움을 달래 본다.
유난히 깊은 눈 내리는 겨울밤에.

눈물이 떨어질 때 나는 소리

눈이 내린다.

누

우

운

소리가 날 테다.

떨어져 부딪히는 소리가 아니라,
산산이 흩어지는 소리가 아니라,
떨어질 때의 소리.

공기를 가를 때의 소리가 날 테다.

아둔하면 모른다.
못 듣는다.
눈이 내리는 소리.

너의 눈물처럼 고요한 소리.

괜찮냐고 묻지 않는 괜찮은 사람

사소함,

그 작음부터 생각해야지.

넘어진 친구를 보고
"괜찮니?"라고
묻는 사람이 되지 말아야지.

숨을 헐떡이는 친구에게
"괜찮니?"라고
묻는 사람이 되지 말아야지.

울고 있는 친구에게
"괜찮니?"라고
묻는 사람이 되지 말아야지.

무심코 던지지 말아야지.
습관처럼 내뱉지 말아야지.

사소한 것부터 괜찮은 사람이 되어야지.

미쳐야 미칠 수 있는 삶이라는 무대

연기의 기본은 무엇일까?

- 삶처럼, 진실된 몸짓이다.

진실된 몸짓란 무엇인가?

- 꿈처럼, 꿈틀대며 살아 있는 것이다.

기주봉, 작은 거인으로 불리는 배우.

내가 막 연극에 입문한, 그러니까 약 20여 년 전,
이리저리 뛰어다니며 연기를 알아 가던 때였다.
어느 날 주봉 형과 술자리가 길어졌고,
형은 어느 허름함 선술집으로 나를 이끌고 갔다.

이미 얼큰하게 취기가 오를 대로 오른 상태였다.
그럼에도 우리는 좀 더 오랜 시간을 함께하길 바랐다.
연극에 관해 묻고 답하고, 연기에 대해 묻고 답하고,
배움이 재미있고, 가르침이 고마운 순간이었다.

술이 몇 잔 더 들어갔다.
무어라 말하는 것인지, 무엇을 듣는 것인지,
서서히 감을 잃어갈 때였다.

"그러니까 남목아, 잘 들어 봐!"

나의 작은 거인이 갑작스레 벌떡 일어났다.
그리고 그는 허공을 향해 소리쳤다.

저 깊숙한 동굴에서 흘려보내는 소리처럼
묵직하고 울림 있는 목소리로.

"죽느냐, 사느냐, 그것이 문제로다!"

셰익스피어의 희곡을 단 한 번도 읽어본 적이 없는
사람일지라도 다 아는,
희곡 <햄릿>에 나오는 유명한 문장이었다.
작은 거인이 선술집을 무대 삼아 대사를 다시 외쳤다.

순간 내 얼굴이 화끈했다.
술기운이 아니라 부끄러운 감정이 치솟았다.
얼른 앉으라고 손짓하고 싶었다.
그러나 이 작은 거인은 그대로 삶이라는 무대 위에서
햄릿에게 취한 듯 스스로에게 흥얼거렸다.
작게, 때론 크게.

순간 정적이 흘렀고, 5분 정도 시간이 흘렀을까.
선술집에 있던 사람들은 형을 향해 기립박수를 쳤다.
나는 그 풍경을 멍하니 바라보았다.

그의 언어는 시간을 거슬렀고,
그의 몸짓은 공간을 넘어섰다.
그런 감동이 사람들에게 전해졌고,
형은 허름한 선술집을 햄릿의 무대로 바꿔 놓았다.

좋은 연기란 시간이나 장소가 중요하지 않고,
진실된 힘은 그 어디에서든 빛을 발한다는 것을
나는 그날 주봉이 형으로부터 전해 받았다.

공감.
그것이 있으면 살고, 그것이 없으면 죽는다.

나는 간혹,
아무도 내 삶을 이해하지 못한다는 불만이 쌓일 때마다
작은 거인을 떠올린다.
그의 거나했던 연기를 떠올린다.
나는 누구를 이해시켰던가.

누구나 아무 때고
거미줄에 걸리는 상황을 겪는다

연극이 선다.
관객이 없다.
배우도 간다.
무대가 빈다.

버려진 연극, 그 아래에는 상처 입은 무대가 자리한다. 버려진 빈집 같은 느낌이라면 상황이 나은 편이다. 대개는 잡다한 나뭇더미와 공연 준비를 위해 쌓아둔 소품들이 여기저기 흩어져 있다. 그 위로 켜켜이 먼지만 쌓인다. 또 으레 이런 건물에는 있어야 할 것처럼 거미줄이 좍좍 얽힌다.

버려진 무대이니 거미 딴에는 적당하다 싶어 친 거미줄이겠지만, 그걸 보는 내 눈에는 온몸이 거미줄에 얽혀 옴짝달싹할 수 없을 것만 같은 기분을 느끼게 한다.

실패로부터 벗어날 수 없을 것만 같은 불편함. 그 불편하고 거북한 느낌이 싫어서, 혹은 저 거미줄만 치우면 다시 움직일 수 있을 것 같아서, 살아보고자 발버둥치는 첫 단계로, 거미줄을 치운다.

목덜미에 거미줄 한 가닥이 걸려 본 적이 있다면 안다. 그것이 얼마나 성가시고 거슬리는지. 눈에 보이지 않는 거미줄을 잡아떼려고 두 팔을 휘적거린다. 옆에서 볼 때면 바보가 아닌가 싶을 만큼 우스꽝스러운 몸짓이다. 그래, 남에게는 거미줄이 보이지 않지.

그런 까닭에 남은 나의 수고와 노력을 종종 이해하지 못한다. 마냥 걱정하고 근심해 줄 뿐.

내 온몸이 이 한 가닥 거미줄만 치우면 좀 더 자유롭고 거북함이 사라지리라 믿는데, 그래서 몸부림을 치는데, 주변에서는 그만하라고 채근한다. 이상해 보인다고, 불안해 보인다고 한다.

아무도 나를 이해하지 못하는 상황, 나는 이것을 '거미줄에 걸린 상황'이라고 스스로 이름 지어 붙였다.

누구나 아무 때고 한 가닥 거미줄에 걸리는 수가 있다. 생활 반경 곳곳에 거미줄이 쳐질 수도 있다. 그 거미줄은 눈에 잘 보이지 않는다. 보이지 않기에 타인은 나의 상황을 좀처럼 이해하지 못한다. 그것을 마냥 서운해하고 서러워하지 말아야 할 일이다. 나 또한 누군가가 거미줄에 걸려 있는 것을 알아채지 못한 채 웃으며 인사할 테니까.

다만, 마냥 좌절할 수는 없고 일어서야 하기에, 다시 힘을 내야 하기에, 우선은 대상을 삼는 것이다.

보이지 않는 거미줄로.

그것을 찾아내 끊어내기만 한다면 상황을 역전시킬 수 있으리라 믿는 것이다. 희망을 품는 것이다.

그러고 보면 희망은 누군가로부터 얻는 게 아니다. 스스로 만드는 것이다. 희망을 만들기 위해 그 희망에 도달하기 위한 불편한 무언가를 만드는 것이다.

나는 그것이 '거미줄'인 것이다.

비가 옆으로 내리는 날

비가 내린다.

바람이 분다.

몹시.

이런 날은 우산이 소용없다.

그냥 다 맞자.

**나쁜 것은 똑똑
문을 두드리고 오지 않는다**

똑똑!
문을 두드린다는 것은
문 너머의 상대가 놀라지 않기를 바라는 마음.
상대가 불쑥 문을 열 때 놀라지 않으려는 준비.

두드림.
이것은 상대와 나, 모두의 마음을 안정시킨다.

대개는 이것을 알고, 대개는 이런 행동을 한다.
문을 두드리며 찾아오는 것들은 대개
나쁘지 않다.

그러나 나쁜 것들은 대개, 아니 모두
문을 두드리지 않고 불쑥 찾아온다. 들어온다.
암과 같은 질병이, 각종 사고들이 그러하다.

어느 날 갑자기 생긴 병이니까
어느 날 갑자기 사라질 수도 있는 거잖아요.

- 연극 '톡톡' 가운데

나쁜 것들에 희망을 두어서는 안 된다.
그것은 '문을 열기 전에 두드려 주세요.'와 같은
희망이 가득한 쪽지를,
문의 뒷면에 붙여둔 것이나 다름없다.
찾아온 이가 볼 수 없는 헛된 희망이 되고 만다.

암전이 되기를 기다렸다가 하는
하품은 꼴사납다

우리는 연극을 통해
꼭꼭 숨겨 두고 있는 삶의 치부를 들여다본다.
그래서 연극은 삶의 축소판이라 부를 수 있다.
우리 인생의 한 단면을 보여 주는 연극,
그 찰나의 순간 속에도 몇 차례의 암전이 있다.
하물며 기나긴 생에 얼마나 많은 암전이 있을 것인가.

삶에 암전이 찾아왔다고 세상 다 끝난 것처럼 울 건 아니다. 지루하고 괴로운 생활이 지속되는, 차라리 암전되면 좋겠다고 여겨지는 생활이 더 거북한 것이다.

연극을 보겠다고 공연을 찾았는데, 공연이 너무나 따분하고 재미가 없다면 어떨까? 마주 보이는 곳에서 열연하고 있는 배우들에게 차마 하품하는 모습을 보일 수가 없어서 입을 앙다물고 있을 것인가? 그 때문에 눈꺼풀이 파르르 떨리는데도? 암전이 되기만을 하염없이 기다릴 것인가?

눈을 감자. 스스로 암전을 만들자. 자연스럽게, 천연덕스럽게!

지루한 연극을 꾹 참고 볼 게 아니다. 열연하는 배우들에게 미안할 게 아니다. 내 삶의 소중한 시간들을 낯선 사람들을 배려하느라 버리는 게 더 큰 어리석음이다.

관객이 눈을 감는다는 것은 배우들에게 분명 암울한 일이다. 괴로움이다. 그러나 그 장막이 있어서 뚫고 나아갈 때 배우는 비로소 빛날 수 있다. 그러니 미안해하지말자. 배우는 배우의 길을 갈 것이다.

083

나는 나의 길을 가야 한다. 내 삶의 연극을 들여다보아야 한다. 나는 내 이야기의 배우로서, 어떤 장막이 가로막고 있는지, 그것을 어떻게 뚫고 나아갈지를 고민해야 한다. 극복해야 한다. 그리하여 내 이야기의 온전한 주인공이 되어야 한다.

의자 다리가 부러져 못 쓰게 됐다는
너의 생각에 대해

의자 다리가 부러져 못 쓴다는 생각,
그런 생각을 하는 사람에게
고쳐 쓸 방법을 알려 준다는 건 어리석다.
어서 빨리 버리라는 조언이 낫다.

상대에게 도움이 되는 말,
그것은 상대의 생각대로 말해 주는 것일 뿐.

다리가 부러진 의자에게도
자신을 주워다 새롭게 만들어 줄
누군가를 만날 수 있는 기회를 주는 게
낫다.

바람이 떠나간 뒤에도 코스모스는
살랑살랑 흔들리고 있지

바람도 안 부는데
길가의 코스모스가 살랑거린다.
누가 스쳐 지나간 걸까.
아니면, 코스모스가 혼자 흔드는 걸까.

길을 가는데
한 아주머니가 손을 흔들고 있었다.
눈을 꿈쩍거렸다.
아주머니가 손을 흔드는 저 앞에는
내가 보기에 아무도 없었기 때문이다.

아주머니와 나를 지나쳐 가방을 멘
초등학생 둘이 뛰어갔다.
한참 뜀박질을 하던 아이들이 금세 쏙
사라졌다.

그랬다.
길옆으로 초등학교가 있었다.
아마도 아주머니는
아이를 배웅했던 모양이다.
아이가 사라지고 난 뒤에도
손을 흔들고 있었던 모양이다.

길을 걷다가 문득
뒤를 돌아보았다.

혹여,

내가 보지 못하는 어딘가에서

날 향해 누군가 손을 흔들고 있지 않을까.

어머니의 소원이 이루어지기를

하느님.
하느님한테 소원 비는 사람이 하루에도 엄청나겠죠.
전 하느님 피곤하실까 싶어 소원을 빌지 않겠습니다.
다만, 제 어머니 소원만은 들어주세요.
어머니는 항상 이렇게 말씀하십니다.

"제 소원은 우리 아들 소원 다 이루어지게 해 주는 거
예요. 거기에 밥 한 공기만 더 해 주시면 됩니다."

아셨죠?
그럼 제 소원을 이제부터 말할게요.
수군수군 속닥속닥…….
여기에 밥 한 공기만 추가해 주세요.

풍선 하나 날아갈 때
울음소리 뒤따랐다

웃음소리로만 가득할 것 같은 놀이공원에
울음소리 또한 그만큼이다.

사람으로 빽빽한 놀이동산 이곳저곳에서 오색 풍선들이 둥둥 떠오른다. 풍선 하나 하나 하늘로 오를 때마다 아이들의 서러운 울음이 뒤따라 날아오른다. 혀를 차고 한숨 내쉬는 부모의 차가운 눈길도 뒤따른다.
놀이공원에 즐거움을 찾아오는 사람들이 많을수록 짜증과 불쾌지수 또한 그만큼 높아진다.

세상 어디에도 즐거움만 있는 곳은 없다.
즐거움, 그 안에는 크고 작은 울음이 뒤섞여 있다.
그리고 다행히, 울음 가득한 곳에도 웃음이 뒤섞여 있다.

나의 슬픔이 편히 울 수 있도록

고요한 밤, 마른 장작 서너 개를 골라
삼각대처럼 세우고 그 아래 벌어진 틈으로
종이에 불을 붙여 넣는다.

곧, 연기와 함께 불이 피어오른다.
한 발짝 뒤로 물러나 자리를 잡고 앉는다.

타닥타닥, 나무가 타면서 튀는 소리가 난다.
연기가 솔솔 하늘로 오른다.
눈에서 눈물이 절로 난다.

즐겁고 기쁠 때면
근사한 카페에서 식사를 즐기며
감정을 돋우고는 한다.

한데 슬픔이 가득할 때면
방안에 홀로 앉아 있거나
매캐한 도로 위를 하릴없이 걷곤 했다.

왜?
나는 나의 슬픔에게
더 큰 슬픔을 주었을까?

낱낱의 나의 감정,
그 하나하나에 집중해야지.
슬픔이 편히 울 수 있도록 해야지.

오래 묵은 장이 맛있다고
차를 타고 찾아가 먹지는 않는다

지금은 찾아보기 힘들지만,
내 어린 시절에는
길거리에서 심심치 않게 볼 수 있었던 것이
바로 강냉이였다.

오래된 쇠 기계 안에
옥수수 한 바가지를 집어넣고
뜸 들이기를 십여 분, 이윽고

뻥이요!
소리와 함께 옥수수가 터진다.
고소한 향이 연기 따라 퍼지고
하얀 꽃 같은 강냉이가 듬뿍 쏟아진다.

영화관에서 먹는 팝콘은
온갖 조미료가 붙어
과거의 그 단백하고 고소한 맛이 안 난다.
일반 팝콘도 어딘지 모르게 현대적인 느낌의 맛이다.

나이가 드니
그때 그 맛이 자꾸만 아련해진다.
그리워진다.

지금도 어딘가에서 이런 방식으로
강냉이를 만드는 이가 있을 것이다.
찾고자 한다면 얼마든지 찾을 수 있을 것이다.
그러나 찾지 않는다.

추억은 추억일 때 아름다운 것이 아니라,
추억의 가치가 생각보다 비싸지 않은 까닭이다.

시간 들이고, 돈 들여, 숱한 수고를 하여 찾아가,
그것을 사 먹을 만큼의 가치는 아닌 것이다.
내 추억이 손해인 것이다.

사람도 그렇다.

첫사랑을 찾지 않는 까닭도
어린 시절 사소한 다툼과 오해로 멀어진
친구를 다시 보지 않는 까닭도

나의 감정과 수고와 불편함을 감수할 만큼
내게 가치가 있다고 판단되지 않는 것이다.
그저 이렇게 가끔 생각해 보고 말 뿐이다.

멋있는 사람이 되고 싶다면

멋이란
지극히 주관적인지라
저마다 기준이 다 다르니

결국
많은 사람으로부터
멋있다는 이야기를 들으려는 건
많은 사람의 눈치를 보겠다는 뜻일 뿐.

멋이란
오직 한 사람만 만족시키면 된다.
그 한 사람이 만족하면
나 또한 만족하게 된다.

097   나를 만족시키자.

**붕어가 빵이 되던 날
하늘에서는 눈이 내렸지**

깜짝 이벤트를 해 주고 싶은 마음에
무작정 차에 태워 겨울 바다로 가는 길.

바다가 가까워지니 너는 풍경에 취해 소리쳤다.
그런 너를 보고 나는 말했다.
겨울 낚시를 경험시켜 주겠다고.

내 말에 너는 차창 밖만 내다보더니,
한참 만에야 입을 열고 한마디를 던졌다.
"싫은데……."

순간 나는 멍했다.
머릿속에 커다랗게 펼쳐 놓은 종이 위로 막
그림을 그리려는 찰나 붓이 없어진 느낌이랄까,
고기들로 빼곡한 낚시터에서
낚싯대를 잃어버린 느낌이랄까.

나는 곧 너를 구슬리려고
이러이러한 저러저러한 말들을 쏟았다.
그러면서도 한편으로는 민망했다.
네가 나에게 구슬려질까 불안도 했다.

나는 알았다.
곧장 핸들을 돌려야했음을.
내가 가는 방향이 잘못됐음을.
그러나 그건 쉽지 않았다.

오랜 어색함이 흐른 뒤에야
겨우 핸들을 돌렸다.
휴게소로 진입했다.

너는 붕어빵을 샀다.
반을 가르자 김이 모락모락 피어올랐다.
미안하다며 너는 내게 꼬리를 내밀었다.
활짝 웃었다.

피식, 나도 웃었다.
다행이다 싶었다. 네가 웃었기에.
너를 웃게 하려고 떠나온 길이었으니.

하늘에서는 눈이 내리기 시작했다.

물고기의 눈물은 보이지 않을 뿐

슬프다는 건
운다는 행위가 아니다.

운다는 건
눈물이 흐른다는 묘사가 아니다.

슬픔과 울음의 감정을
일차원적인 표현으로 곡해한다는 건

타인의 마음을 이해하지 못하는
아픈 가슴을 갖고 있단 뜻일 테다.

물고기의 눈물은 보이지 않을 뿐
팔딱이는 물고기는 온몸으로 슬퍼한다.

안녕에게 무례할 수가 없었다

안녕
슬픔에 잠긴 언어

안녕
이 한 마디만 건네고

안녕
너는 돌아섰다, 무례하게

안녕
나의 것이었던, 나의 안녕

안녕
네가 건네주던, 너의 안녕

안녕
다신 들을 수 없을, 안녕

안녕
어느 날 무례하게 찾아왔다가

안녕
어느 날 무례하게 떠나가는

안녕
안녕아.

나는 안녕에게 무례할 수가 없었다.

나는 너를 49% 믿는다

"너는 나를 얼마나 믿니?"
이따금씩 이렇게 묻는 친구가 있다.

보험이라도 들어달라는 건가,

보증이라도 서 달라는 건가 싶어 경계했다.

"얼마나 믿냐니까?"

은근슬쩍 벗어나지 말라는 듯 재촉하는 친구에게

나는 어떤 대답을 내놓아야 할까 고민했다.

마음이 상할 수도 있으니 넉넉하게 90%라고 할까,

혹 그러다 정말 보증이라도 서라면 곤란한데 싶어

30%라고 할까,

이러면 농담이라도 서운할 테지……

이게 뭐라고 고민을 해야 하나 싶었다.

그렇게 곰곰, 곰곰 뜸을 들이다가,

애타게 기다리는 친구에게

"49%"

"49%로?"

친구는 절반도 안 되는 믿음이란 말에

몹시 실망한 듯 속내를 온몸으로 표현했다.

나는 친구의 그런 행동을 그저

멋쩍게 웃어넘겼다.

49%
우정을 표현하는데 있어 내가 찾은
가장 이상적인 퍼센트이다.

49%의 믿음이란,
친구를 믿되 나를 더 믿겠다는 의지이다.
너를 선택한 내 믿음을 믿고,
늘 너를 염려하고 응원하면서도
더불어 조심하고 배려하겠다는 뜻이다.
우정을 지켜나가는 데 있어
수동적인 자세가 아니라
능동적으로 다가가겠다는 뜻이다.

그런데,
친구는 나를 얼마나 믿을까?

세상에서 가장 신기한 일

너를 한 번 본 뒤로
사랑해 버린 내 마음이고
거침없이 내밀어 네 손목을 잡은 내 손이고
너를 사랑한다고 토해 버린 내 입이고
여태 네 옆을 걷는 내 발이다.

그리고 이런 나를
지금도 곁에 두고 있는 너.

너를 어찌 만나게 됐을까.
아무리 생각해도
내 인생에서 가장 신기한 일이다.

찻잔의 귀를 잡고 입을 맞추리

잔,

또는 컵이라는 물건은 다양한 형태를 가지고 있으나 물과 같은 성질을 담아야 한다는 기본 쓰임이 있기에 대개가 종이컵과 같은 모양을 하고 있다.

여기에서 잔의 외형을 달리 보이게 하는 역할이 바로 손잡이.

나는 어쩌다 잔을 골라야 할 일이 생기면 꼭,

손잡이를 본다.

꽃줄기에서 파릇하게 튀어나온 잎사귀를 닮은
손잡이가 있는가 하면, 둥그런 달을 반으로 딱
자른 듯한 반달 손잡이도 있고, 뻣뻣하게 각진
네모 손잡이, 꽈배기처럼 뒤틀린 형태의 손잡이까지.
그 가운데에서도 나는
'사람의 귀'를 닮은 손잡이를 좋아한다.
둥근 듯 날렵하게 뻗어 내려가는
곡선의 형태가 멋스럽기도 하거니와,
사람의 귀를 잡는다는
내 나름의 의미를 담을 수 있어서 좋다.

귀는 사람의 얼굴 가장 가까이에 있는 신체 일부다.
귀로부터 겨우
손가락 한 마디 정도면 뽀얀 뺨에 닿을 수 있고,
또 한 마디면 반짝이는 눈에 닿을 수 있고,
또 한 마디면 오똑한 콧등에 닿을 수 있고,
또 한 마디면 도톰한 입술에 닿을 수 있다.

사랑하는 이의 귀를 만진다는 건,
무척이나 설레고, 달콤하고, 정직하게는

109

흥분되는 일이다.

귀는 섣부르게 행동하지 않고 뜸을 들일 수 있는
침착한 시작이며, 품격 있는 인내이고,
상대를 위한 배려이자, 진실한 사랑이다.

그러한 마음으로 잔의 손잡이를 잡는다.
둥그런 잔 귀퉁이에 달린 손잡이까지
뜨거운 차의 열기가 느껴진다.
가만히 때를 기다린다. 적당한 온기가 될 때까지.
그리고 마침내 무르익었다 생각될 때
후-
나는 마음속 깊은 숨을 내쉬며 잔에 입술을 갖다댄다.

이 짧지 않은 글 속에서 혹자는
변태라는 단어를 꺼내들 수도 한다.
그러나 이러한 묘사, 이러한 생각, 이러한 행위를
나는 적극 권장한다.
사랑은 우리 삶의 가장 큰 행복이다.
그 사랑을 온갖 것들에 비유하고 대입한다는 것은,
사소한 생활 면면에 가치를 부여하고, 열정을 쏟으며,

행복감을 느낀다는 뜻일 것이다.

자, 짤막한 글 한 편을 마쳤으니
찻잔의 귀를 잡고 입을 맞추어야겠다.

세상에서 가장 특별한 성냥 한 개비

나뭇개비 끝을 착 긋는다. 마찰과 함께 작은 불꽃이 일어난다. 연소되면서 재가 되는 성냥 한 개비, 오직 순간을 위해 만들어지는 성냥 한 개비다.

그 성냥개비가 개미 떼처럼 많아서 희소가치가 없었던 시절, 라이터는 성능 좋은 최신식 기계인 양 몸값이 높았다. 모두들 탐했다.

그때 한 친구가 성냥 한 개비를 높이 치켜들더니 외쳤다.
"담배 두 갑에 바꿔 준다!"
모두가 어리둥절한 표정으로 그 친구를 보았다. 라이터랑 바꾸자고 해도 기가 찰 노릇인데, 담배 한 가치도 아니고 한 갑도 아니고 두 갑?
질타하는 친구들을 향해 친구는 성냥 한 개비가 올라간 손바닥을 조심스레 내밀었다. 모두에게 고개를 숙여 성냥개비를 들여다보라 했다.
나뭇개비에 적힌 깨알 글씨, 1%
"이게 그냥 성냥이 아니야. 대한민국 상위 1%만을 위해서 특수 용품을 처리하여 만든 1% 성냥이라고. 사실은 담배 한 보루만큼 비싼 거야."

그때 어수룩했던 친구들은 모두 "우아." 했다.
그러고 말았다.

어수룩했지만, 성냥개비에 박힌 글씨가 더 어설펐으므로.

후에 친구는 더 연마하여 정교한 글씨체를 성냥개비에 새기기에 이르렀다. 그리고 마침내 성냥 한 개비를 팔아내고야 말았다. 자신의 어머니에게.

어머니는 성냥개비 한 개를 담배 한 보루 값으로 치렀다. 그리고 성냥개비가 수두룩하게 꽂혀 있는 팔각성냥갑에 푹 쑤셔 넣으며 말했다.

"사기 치지 말고 살아."

햇살이 맑은 날이면
가장 먼저 떠오르는 기억

햇살이 맑고 뜨거운 날이면
할머니는 비닐을 넓게 깔고
빨간 고추를 말렸다.

햇살이 맑은 날이면
즐거웠던 소풍보다
그 빨간 고추가 먼저 떠오른다.

기름에 튀긴 얼음은
얼마나 시원하고 바삭할까

끓는 기름에 얼음 한 덩이를 넣으면,

얼음은 튀겨지지 않고 그저 들끓을 것이라고

말해 주었습니다. 단단히 주의를 주었습니다.

그럼에도 아이는 기어코 끓는 기름에 얼음 한 덩이를

넣었습니다. 요란하게 끓어오르는 기름 소리와 함께

사방으로 기름방울이 튀었습니다.

아이에게 물었습니다.

"왜 얼음을 넣었니?"

"정말로 튀는지 보고 싶어서요."

116

언뜻 들으면 아이가 내 말을 믿지 못 했다는 뜻으로 들릴 수도 있습니다.

하지만 다시 생각해 보면, 아이는 내 말을 철석같이 믿고 있었습니다. 단단히 신뢰했습니다.

내 말을 믿고, 튀는 것이 너무 궁금해서 실행해 옮겨 보았던 것이지요.

그러면 끓는 기름에 얼음을 넣어도 아무 변화가 없다고 거짓말을 했다면 달랐을까요?

결과는 똑같았겠지요. 그래도 아이는 얼음을 기름에 넣었을 것입니다. 결과를 만들어 내는 건 호기심이었으니까요.

그래요, 호기심.

호기심이 결과를 낳지요. 답을 만듭니다. 나도 그런 호기심이 생긴 것이지요. 그리고 답을 만들었습니다.

"나, 너 좋아해."

"……."

"괜찮아. 그저 궁금했거든. 내가 이렇게 말해 버리면 정말로 마음이 편해질까 하고 말이야."

117

나에 대한 사용 설명서를
부모님은 가지고 계실까

컴퓨터로 일상의 모든 것을 움직이면서
정작 컴퓨터 자체에 대해서는
아니, 세부적인 기능들은 전혀 모른다.
부팅이 느려지면 절절매고,
파일이 저장이 안 되면 당황하고 만다.
황급히 문제 해결에 대한 검색을 해 보지만
뭐가 뭔지 몰라 허둥거릴 뿐이다.

기억이란 백업된 데이터다.
휴지통에 버리고 휴지통 비우기를 눌러
삭제를 했다고 여겼는데, 컴퓨터 수리를 맡긴 어느 날
불쑥 되살아난 것처럼.

이별을 했다. 이별은 만남으로 다스려야 한다며
친구가 소개팅을 주선했다.
여성과 한강에 갔다. 배달음식을 시켜
일회용 나무젓가락을 뜯는데 이런,
손톱 끝에 가시가 박혔다.
그 순간, 갑자기 잊었던 기억이 복구되어 떠올랐다.
차마 내 앞에서 해맑게 웃고 있는 여성을
바라볼 용기가 안 나는 옛 기억.
나는 손톱 끝에 박힌 가시를 빼내려고 전전긍긍했었다.

컴퓨터만큼이나 나는 나를 몰라서
때때로 당황하고 만다. 그러면서도 여전히
나는 나를 알려고 하지 않는다.

눈물 나게 뜨거운 컵을 만졌다

가난한 연극배우가 한겨울에 이사를 했다.

눈이 내리는 날,
동료들과 함께 이삿짐을 날라 주었다.
찬바람에 얼굴이 얼고 손이 발갛게 달아올랐다.
가난한 연극배우는 미안하고 고마웠는지
김이 모락모락 피어오르는 커다란 냄비에
찻잔과 그릇들을 담아 가져왔다.

"이게 뭐야?"

가난한 연극배우가 건넨 것은 라면이었다.
일곱 봉지나 털어 넣은 라면 냄비.
그가 일주일을 버틸 수 있는 식량이었다.

우리는 왁자하게 웃으며 라면을 건져 먹었다.
그릇에 한 봉지, 그릇에 두 봉지, 뚜껑에 세 봉지,
컵에 네 봉지, 컵에 다섯 봉지, 국자에 여섯 봉지,
냄비 째 일곱 봉지.

나는 컵으로 먹었다.
121 세상에서 가장 뜨거운 컵이었다.

서로의 속을 보아도 알 수 없는 사이, 타인

버스를 탈 일이 있었다.

창가에 앉아 가는데 나른했다.
하품이 나오려 했다.
텅 빈 차 안이라서 마음 놓고 입을 쩍 벌렸다.
제법 길게, 하아아아-

그러는 사이 버스는 정류장에 다다르고 있었다.
창밖으로 한 여자가 보였다.
하아아아-
우리는 서로,
투명한 유리창을 사이에 두고, 하아아아-

얼른 입을 닫고 싶었으나 하품이란 것이
내 마음대로 열리고 닫히는 게 아니었다.

겨우, 입을 닫고 창밖의 그녀를 보았다.
그녀도 입을 닫고 잠깐 나를 보았다.
그리고 버스 번호를 보며 딴청 피우는가 싶더니
나를 한차례 힐끔 보는 게 느껴졌다.

123   그녀는 망설이는 듯싶었다.

버스는 아무도 타지 않는 정류장을 벗어나려고
문을 닫고 슬금슬금 움직이기 시작했다.
바로 그때, 그녀가 움직였다.
움직이는 버스를 손바닥으로 탁탁 쳤다.
가던 버스가 멈추더니 입을 벌렸다.
하아아아-

텅 빈 버스 안
그녀는 재빨리 올라타 고개를 숙인 채 카드를 대고,
곧장 버스 운전사 바로 뒷자리에 앉았다.
저 오차 없는 몸동작,
틀림없다.
우리는 서로의 속을 본 것이다.

꼿꼿하게 앉아 가는 그녀의 뒷모습을 보았다.
속절없이 또 하품이 나왔다.
하아아아~

병원에 가서 이 이야기를 해 주었더니,
의사가 애써 우스운 척 피식하며 말했다.

124

"자, 스케일링 시작할게요. 하품하세요."

하아아아-

척추를 곧게 세우는 방법은
바르게 움직이는 것뿐이다

등에 업히는 친구가 있다.

어려서부터 제 몸을 함부로 내맡긴 친구다.

누구에게나 흐느적흐느적했다.

어느 날 새벽, 전화가 왔다.

녀석에게서 전화가 왔다.

"여보세요."

모르는 이가 '여보세요.'를 했다.

그는 다행이라고 했다.

벌써 몇 군데 전화를 했는데 다 안 받았다면서.

친구가 취했으니 데려가라고 했다.

연극인의 삶이란 게

낮밤이 뒤바뀐 틀이라 전화를 받은 것이다.

금세 후회가 밀려왔다.

나는 왜 이렇게 한가하게 일하고 있었나 자책했다.

어쩔 수 없이 친구를 데리러 나갔다.

혼자서는 어쩌지 못할 것 같아 몇몇 장정들과 함께.

친구는 쉽사리 등에 업혔다.

누구 등인지 따지지 않는 자연스러운 포갬.

아기 코알라처럼 등에 착 달라붙었다.

나는 친구를 뒤에서 받치고 따라갔다.

127 문득 굽은 친구의 등을 보았다.

빳빳하게 곧게 서 있는 걸 본 적이 없다.
늘 열심히 일해도 빠듯한 삶에
다른 친구들을 만나면 기죽어 있던 친구.
술기운을 빌어서라도 강해지려던 거였는지
늘 가장 먼저 취해버렸던 친구.
그러나 술에 취해서도 친구의 등은 굽어 있다.
늘 굽어 있어서 취해서도 굽은 게 편한 듯.

친구의 등을 가만 보면서
연극장으로 데려왔다.
소파에 뉘였다.
이불을 덮어주었다.

몇 시간 뒤
일어난 친구가 고래고래 소리를 쳤다.

"뭐야! 비켜, 임마!"
"싫어, 나도 네 등에 좀 업혀 보자!
내가 굽은 등 눌러서 빳빳하게 펴 줄게!"

그렇다.

힘들다 괴롭다 해도 술은 술일 뿐이다.

취객은 취객일 뿐이다.

공감받고 위로받을 수 있는 길은 술이 아니다.

술은 변명이 될 수 없다.

가중처벌이어야 한다.

친구를 알고자 하면
친구의 신발을 신어 보라

친구 모임을 하면 참석하여 잘 놀다가도
계산할 때만 감쪽같이 사라지는 친구가 있었다.   130

타박하고 구박해도 친구의 행동은 달라지지 않았다.

"이건 우리 잘못이야."

"우리가 못된 버릇을 고쳐줘야 해."

그리하여 친구들은 계산할 때만 사라지는 친구를
위해 작당 모의를 했다.

여느 때처럼 모임을 했다.

모임이 파할 분위기가 스멀스멀 올라오기 시작할 때,
나는 화장실에 가는 척 먼저 나섰다. 발밑의 신발을 둘
러보다가 계산할 때만 사라지는 녀석의 신발을 찾았다.
뒤를 힐끔 한 번 보고는 그대로 신발을 신고 냅다 달렸
다. 괜스레 녀석이 쫓아 나오기라도 할까 봐 힘껏 달렸
다. 달리고 달리다가 문득 무언가 허전하다는 것을 느
꼈다.

발을 빼고 친구의 신발을 들여다보았다. 밑창이 찢어진
채 빠져 있었다. 허름하다 못해 당장 버려야 할 것만 같
은 신발이었다.

131   친구의 속사정을 모른 채 너무 몰아세우려고 한 게 아

닌가 하는 자책이 들었다. 왜 돈을 안 내느냐고 추궁할
게 아니라, 그가 말 못 하는 심정을 먼저 헤아렸어야 했
다. 친구라면 그랬어야 했다.

서둘러 되돌아갔다. 혹여 그 친구가 계산을 하기 전에.
다행히 친구들은 아직 자리에 앉아 있었다. 나는 어쩔
까 하다가, 전후 사정을 모여 있는 친구들 앞에서 할 수
가 없어서 혼자 계산을 했다.

"뭐야? 왜 네가 계산을 했어?"
친구들이 계획을 튼 까닭을 물어왔다.
나는 차마 계산하지 않는 친구의 얼굴을 보지 못한 채,
"그냥." 하고 말았다.

계산하지 않는 친구가 안도의 한숨을 내쉬고는 환하게
웃으며 내 어깨를 툭 쳤다.
"잘 먹었다."
나는 어색하게 웃어 주었다.
그리고 계산하지 않는 친구의 팔을 붙잡았다.

"어? 야!"

"응?"

"이게 네 신발이야?"

"어."

"이거 아니고?"

"……."

"야, 이 XXX야!"

네 탓이야!

남을 탓하기 전에
나를 먼저 돌아보란다.

남인 주제에!

1부, 앞쪽에 놓인 시선

배가 아플 때는
일단 화장실을 찾는 게 좋다

길을 가다가 갑작스레 배가 아팠다.
허둥지둥 주변을 두리번거리며 화장실을 찾다가,
일단 가장 높은 건물로 들어갔다.

나의 찌푸린 얼굴에서 급함을 느꼈는지
경비원이 팔을 내둘러 화장실을 가리켜 주었다.
종종걸음으로 뛰어간 그곳, 제법 널찍한 화장실에는
칸이 네 개가 구분되어 있었다.

모두 비어 있는 화장실 칸.
첫째 칸, 바닥에 휴짓조각이 널브러져 있었다.
두 번째 칸, 변기 뚜껑에 알 수 없는 물이 묻어 있었다.
세 번째 칸, 누군가 뱉어 놓은 침이 보였다.
네 번째 칸, 변기 안에 굳은 똥 가루가 묻어 있었다.

어디로 들어가야 하나, 배는 계속 아픈데, 고민했다.
모든 칸이 각자 조금씩 찜찜함을 가지고 있어서
섣불리 결정을 내리지 못하고 고민했다.
그러는 사이 뱃속은 부글부글 끓어올랐고,
마침내 나는 더는 참을 수 없는 상황에 처하여
서 있던 자리에서 가장 가까운 칸으로 들어가
볼일을 보았다.

137   편안해지는 뱃속,

그때 깨달았다.

삶이란 건,

언제나 이렇듯 엇비슷한 찜찜함이 가득하다.

어느 하나 마땅히 고르기 어려운,

사람과의 관계, 일에 대한 선택 등등에 대해

삶의 수많은 갈림길이 앞을 가로막는다.

그때마다 간결해지자.

뱃속이 끓어오를 정도로 신중하지 말자.

그러다 채 볼일을 보지도 못하고 쓰러지고 만다.

얼른 결정해 버리자.

고민을 내려놓자.

밟지 못한다면 꽃길인들 무슨 소용일까

좋은 길은 우선
밟을 수 있는 길이어야 한다.
꽃이 가득하더라고
그 때문에 걷지 못하게 막아 놓았다면,
그건 길이 아닌 탓이다.

좋은 사람은
손을 맞잡을 수 있는 사람이다.
나의 기쁨과 슬픔을
손으로 맞잡아 주고 등을 다독여 주는
그런 사람인 것이다.

지금 너는 내게 좋은 사람이다.
나는 네게 좋은 사람이 될 것이다.

삶에 바람이 불어오기를 바라는 이에게
전하는 충고

"이건 아무리 노력해도 안 돼.
노력보다 운이 더 필요한 일이거든."
노력해도 안 되는 일,
그것은 마치 하늘 위에 낀 먹구름 같은
내 삶을 가리는 어둠.

발버둥 쳐 봤지만 안 된다는 일.
모르면서 함부로 말하지 말라는 그.

그래도 나는 함부로 말해 버렸다.
나의 작은 입바람이
나아가, 밀려가,
그에게 바람이 되어 줄지도 모르니.

내 삶에 바람이 없어
검게 드리운 구름이
흘러가지 않는다고 생각된다면

뛰어라.
뛰어서 벗어나라.

스스로
바람을 일으켜라.

내 말에 한숨 쉬는 그.
말이 안 통한다고 하는 그.

너는 이해 못 한다고 말하는 그.

그는 결국 포기했다고 했다.
실패를 경험하고 깔끔하게 미련을 버리고
다시 새로운 일을 한다고 했다.
보다 밝아진 얼굴로 웃으며 말했다.

그는 이해를 못 했던 것이다.
여전히 이해를 못 하고 있는 것이다.
나의 충고를.

그는 자신이
새로운 방향으로 나아가, 뛰어가,
바람을 일으켰음을 전혀 모르고 있었다.

바람은 결코 한 방향으로만 불지 않는다.

영화 같은 삶은 없지만
영화처럼 기억을 편집하자

영화를 보았다.

그녀가 나타났을 때 내 주변은 어두워졌다.

오직 그녀만이 밝은 영상 속 주인공처럼

도드라져 내게 비추었다.

그녀는 내게 살아 움직이는 영화였다.

인생은 영화와 같지 않다는 말을 종종 듣는다.

가끔은 나도 조언쯤으로 내뱉기도 한다.

삶이 호락호락하지 않다는 것쯤은 누구나 안다.

그러나 영화가 프레임을 이어 붙였듯 삶도 시간을 이어 붙인 것이다.

시간을 분으로, 초로 쪼개어 놓고 보면 순간순간 아름답고 찬란한 장면들이 돋보일 때가 있다.

그러한 순간들의 소중함을 되새기는 게 삶을 더 행복하게 누리는 방법이 아닐까.

내게 영화 같았던 그녀, 나는 영화를 보고 키스를 했다.

내 삶이 영화 속 한 장면 같다 느꼈던 순간이었다.

황홀한 순간, 그때를 지나 하나의 연속된 삶으로 보자면 영화의 결말은 좋지 않았다.

그러나 삶을 바라볼 때 하나의 연속된 가치로만 판단하고 재단하지 말자. 좋았던 순간순간만을 따로 모아 떠올리자. 나의 긴 삶을 영화처럼 편집하고 기억하자.

인생은 영화와 같지 않다.

그래도 영화처럼 생각하자.

잠깐씩 행복해지자.

가슴에 무덤을 지니고 사는 사람에게

그녀는 연기가 너무 하고 싶어서 찾아왔다 했다.
부모가 그녀의 연기 인생을 극구 반대한다 했다.
그래서 그녀는 부모를 떠나왔다고 했다.

그녀는 가는 허리에 풍만한 가슴을 가지고 있었다. 피부는 희었고 눈매는 선했으며 행동은 사랑스러웠다.

말 없는 그녀의 자태만 놓고 보자면 가히 주인공감이라 할만 했다.

그러나 길고 가느다란 목선을 타고 올라와 선홍빛 입술 사이로 새어나오는 그녀의 목소리는 저주받은 인어공주처럼 쇠가 긁히는 듯한 둔탁한 음성이었다.

그것은 그녀에게 너무나 치명적인 약점이어서 늘 걸림돌이 되었다.

그럼에도 그녀는 어쩐지 목소리를 다듬으려는 노력을 기울이지 않았다.

그런 그녀의 모습을 한동안 지켜보고서, 그녀의 부모가 무엇 때문에 그녀의 연기 활동을 반대했는지 얼핏 이해가 된다고 느꼈다.

나는 그녀가 안타까워 조언을 해 주기도 하고, 야단을 치기도 했다.

그러나 그녀의 목소리는 결코 바뀌지 않았다. 노력이란 게 들어간 적이 없는 것처럼 쇳가루가 가득 묻은 목소

147

리가 여전히 흘러나왔다.

그녀의 목소리를 들을 때마다 나는 그녀의 게으름을 함께 떠올렸다. 그것은 곧 걷잡을 수 없는 불만이 되었고, 불만은 불씨가 되어 내 안의 화를 돋우었다.
화는 도저히 품고 있을 수 없을 만큼 커져서 나는 마침내 무대 위에 홀로 서 있던 그녀에게 토해 버렸다.

"너는 연기할 자세가 안 된 것 같다. 너는 연기를 하면 안 돼."

그녀는 나를 빤히 보더니 주저앉았다. 그대로 엉덩이를 무대 위에 깔고 앉더니 등을 대고 누웠다. 한숨 자려는 듯 편안하게 발을 뻗고 천장을 바라보고 있었다.
한동안 잠자코 있던 그녀가 고개만 들어 올렸다.
그녀는 도로 번듯하게 눕더니 입을 벌렸다. 이내 그 둔탁한 목소리가 흘러나왔다.

"제 가슴에 무덤이 두 개 있어요.
제가 성전환 수술을 하겠다고 했을 때 아빠랑 엄마가

그랬어요. 제 가슴에 두 개의 무덤이 생겼다고.

오른쪽은 아빠의 아들 무덤. 왼쪽은 엄마의 아들 무덤.

제 가슴은 남자였던 저를 묻은 아빠, 엄마의 무덤이에

요."

그녀는 숨을 골랐다.

그리고 다시 말했다.

"아빠 엄마는 저를 창피하게 여기셨어요. 수치스럽게

여기셨지요. 제가 연기하는 걸 반대하는 까닭은 저에

대한 비판보다 당신들이 더 창피당할까 봐, 그게 두려

운 거였어요.

저를 끔찍이도 창피해 하셨지요.

저는 그런 두 분을 이겨내고 싶었어요. 독립하고 싶었

지요.

하지만 저도 알고 있었던 것 같아요. 저는 안 돼요.

부모님 때문이 아니라 제 스스로 겁이 나요.

저를 한 사람의 여자로 인정해 주지 못하고 있어요."

149   그녀는 그날 이후 돌아오지 않았다. 떠났다.

어디서 무얼 하고 있는지, 나는 모른다.

그날,
그녀의 이야기를 들은 그날,
나는 무슨 말을 해 주어야 할지 몰랐다.
그냥 시간을 보내 버렸다.

그리고 지금에서야 그녀에게 해 줄 말이 떠올라 글을
적는다. 그녀가 어디에 있든 이 글을 볼 수 있기를 바랄
뿐이다.

자신의 가슴이
두 개의 무덤이라고 말하던 그녀에게

무덤도 결국은 흙인 것이지요.
무덤 위로 생명의 풀이 돋아납니다.
스스로를 남자로 여자로 규정하지 못해
슬퍼한 당신에게 저는 감히 무어라
불러 주어야 할지 아직도 모르겠습니다.
다만, 당신의 무덤에도
푸른 생명이 돋아날 수 있을 것입니다.
당신은 하나의 생명으로 존귀할 가치가 있습니다.

당신은 누구십니까

당신은 누구십니까
나는 ○○○
그 이름 아름답구나

어제 만난 나는
어제 만난 너와
어제 속에서 살고 있을 것이다.

오늘 만난 나는
오늘 만난 너와
오늘 속에서 살아간다.

"안녕."
내가 너에게 인사하고
"안녕."
네가 나에게 인사한다.

나는 언제나 새로운 나이고
너는 언제나 새로운 너여서
우리는 언제나 새로 만나

새로운 사랑을 한다.

그녀가 결혼을 했다

결혼하지 말아 달라고 했다.

기다리라고 했다.

그러나 그녀는 결혼을 했다.

왜, 왜! 왜 그런 거야!

나는 소리쳤다. 분노했다.

하지만 그녀는 그런 나의 외침조차 외면했다.

내게 차갑게 등을 돌렸다.

나는 맹수의 발톱에 가슴을 할퀸 것처럼 쓰라렸다.

절로 무릎이 꺾이고 주저앉았다.

154

그때 내 등으로 매운 손바닥이 떨어졌다. 찰싹!

"딱 걸렸어!"

"뭐야?"

"현행범이야!"

"뭐가?"

"너, 지금 바람피우는 거 딱 들켰어!"

"뭐야. 방해하지 말고 비켜. 드라마 안 보여."

그러거나 말거나
아내는 내 앞에서 열연을 펼치기 시작했다.

"알았다, 알았어. 너 좋아하는 드라마 봐라."
나는 아내가 좋아하는 채널을 틀어 주겠노라 약속했다.
리모컨을 들어 올렸다. 그때,

등 돌리고 있던 그녀가 뒤돌아섰다. 나를 빤히 봤다.

"어쩌란 말이야. 이제 와서……."

155

2부,

틈 그 사 이 의 추 억

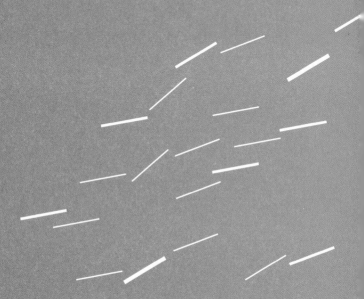

'언젠가'라는 시간

기약 없는 시간,

언젠가… 언젠가….

기다림은,

늘 앞에 있습니다.

그리움이,

늘 뒤에 있는 것처럼!

아끼고 아껴서

좋은 것만을 주고 싶었던 그 마음.

그대는, 알고 있습니다.

그런데

그 '언젠가'라는 시간을 서로 나누지 못하고,

우리는 이별하고 말았더군요.

'언젠가'라는 시간은,

어디에도 없는 시간이란 걸.

나는, 그때 알았습니다.

꽃을 든 남자

그대라는 마음속으로,
꽃 하나 들고 가는 길.

언젠가 일상의 소소한 풍경이
사라지는 날이 올 것이다.
나는,
그 '언젠가'가 되도록
아주 느리게 다가오기를
바라는 마음이다.

스마트한 세상에서 조금씩 멀어지고 흐릿해지는 일상의 풍경이 있다. 그런 것이 간혹 마음 한쪽을 훔치고 달아난다. 편지를 받아 본 때가, 백만 년 전의 일이라면 꽃을 받아 본 건, 오십만 년 즈음처럼 생각된다.

새것이 옛것을 없애고, 빠른 것이 느린 것을 지우고 있다는 생각에 두려울 때가 있다. 그러다가 문득 '꽃다발'을 손에 들고 가는 사람을 볼 때면, 그 뒤를 졸졸 따라가며 '꽃다발'이 닿는 곳에서 '누군가의 표정'을 훔쳐보고 싶다.

화석처럼 굳어진 빌딩 숲. 실핏줄처럼 엮인 거리 어딘가에서 '꽃을 든 남자'를 보았다. 잔뜩 달뜬 표정으로 '누군가를 향한 걸음'이 향긋했다.
앞서가는 그를 따라가며, 손이 흔드는 방향에서 뒤로 묻어나는 꽃향기에 취했다.

불금의 밤.
'꽃을 든 남자'는 지금 무엇을 하고 있을까?

겨울나무에 기대어

나는,
지금 가만히 누군가에 기대고
싶습니다.

겨울,
나무 아래 서면
철 지난 낙엽 지듯 생각이 똑똑 떨어집니다.

나무 아래 서면,
자꾸 생각나는 이름들이
빈 가지에 잔뜩 걸려 있고
나는, 그 빈틈으로 무엇을 말하고 싶나요.

겨울,
나무 아래 서면
휑하니 빈 가지가 하늘을 막아서고 있습니다.
실핏줄 가득한 가지손을 뻗쳐
나무는 무엇에 닿고 싶은 걸까요?

봄은,
아직 열리지 않은 골목 밖에서 서성이고
나무는,
온몸으로 이 겨울을 딛고 서 있습니다.

철없는 나는,
나무에 기대어 그렇게
이 세월을 견디고 있을 뿐
163   입니다.

상처, 어떤 말과 글 때문에

그대 마음을 할퀸 날,

내 가슴에도 상처가 남았다.

어떤
말과 글은 태어나지
않았어야 했다.

그
말과 글로
타인을 할퀴고 나면

더
깊은 상처가
내 마음에 되새겨진다는 걸
모를 리 없는데.

어떤
말과 글은 죽지 않고
자꾸 태어나기만 하는구나.

질문_듣기보다 알고 싶은

때론 질문의 방향이
삶을 이끌어 내기도 한다.
그래서 질문이 답을 이끌어 간다는 말에,
공감한다.

삶은 무수히 많은 물음표와 느낌표 사이에 놓인 쉼표와 같아서, 나는 어떤 질문 아래 놓일 때 잠시 숨 고르기를 하는 편이다. 숨을 고르는 동안 '질문의 답'을 찾기도 하지만, '질문의 방향'을 따라 잠시 상상하면서 현실 밖의 이야기를 만들기도 한다.

질문은 마치 이야기가 있는 여행과 같다.

"어디 어디에 가자." 보다
"어디로 갈까?"라는 질문을 받을 때 설렌다.

설레는 질문을 받을 때면 심장이 조금 더 달싹거리고,
그럴 때면 생산적인 활동이 좀 더 넓게 펼쳐지곤 한다.
사는 일이란 대부분 이러하다.

생각하는 대로 일이 진행되지 않거나
하던 일이 조금 지루하게 여겨질 때.
스스로 질문을 던져보자. 어떤 질문은 해답보다
더 또렷한 지점으로 우리를 안내하기도 한다.
167 그렇게 때로는 질문이 답보다 앞설 때가 있다.

단계 vs 계단

성공보다 성장이란 말이,
따뜻한 까닭.

사람과 사람에 부딪히며,
지하철 계단을 오르다가!

문득 놓쳐 버린 단계들
건너뛸 수는 있어도,
뛰어넘을 수는 없는 일.

무엇보다 단계란
그즈음의 일이지 않을까.

빈틈없다는 말은
완벽이 아니라
무관심의 다른 이면이지 않을까.

끊임없이 뒤돌아보며 확인하는 일.
틈을 채우는 것보다
우선할 것은,
간혹 돌아보는 단계를
생략하지 않는 일.

마음이 기억하는, 비밀번호

비밀이 많은 당신의 마음

그 마음을 열 수 있는 번호가 필요합니다.

비밀번호를 간혹 잊어버립니다.
그런데 어떤 때는 머리가 아닌 마음이
간혹 기억해 낼 때가 있습니다.

다른 사람을 향해 닫힌 마음은
시간이 흐르고
오해가 풀리고
또 우리가 알지 못하는 이유로
우연히 풀리는 때도 있습니다.

그러나 스스로 닫아 버린 마음은,
어찌할 도리 없이
스스로 풀어야만 열릴 수 있더군요.

마음의 문을 여는 손잡이가
내 안쪽에 있기 때문이겠지요.
그래서 더 자주 다독이면서 살아야 할 것은
다른 사람이 아니라
내 마음이 우선일 때도 있습니다.

태엽 풀린 로봇처럼, 바보 같아!

"태엽이 풀리면 멈추고 마는 거야!"

하고 싶은 일 때문에,
해야 할 일을 놓치거나

해야 할 일 때문에,
하고 싶은 일을 놓치고 사는 사람.

바보 같아,
마치 태엽 풀린 로봇처럼 말이야.

이런 사람이 있지.
어떤 일을, 하는 사람과
그런 일을, 즐기는 사람.

그리고 또 이런 사람도 있지.

비평 또는 비판하는 사람과

창안 또는 창조하려는 사람.

"둘 사이의 간격은 너무나 크다."

스스로 할 수 없다면,

다른 방법을 찾아보는 건 어떨까.

없다고만 말하지 말고, 있다고 생각하면서 말이야.

그렇게 하다가 '정말 없다고 여기면'

그때는 툭 놓아 버려도 괜찮지 않을까.

열심히 했으니까.

나름대로 최선을 다했으니까.

그건 내 일이 아니었다고 생각하면서,

멈추자고!

간혹 태엽 풀린 로봇처럼,

바보 같아도 좋으니까.

하고 싶은 대로 해 보는 거야.

버스커 버스커를 듣다가

누군가의 목소리에 귀 기울인다는 것처럼
고마운 일은 없다.

가슴에 담긴 아픔을 선뜻 밖으로
툭 하고 던져 놓기 어려운 시절.
그 시절을 딛고 사는
우리 모두에게는 비슷한 아픔이 있고,
그늘이 있다.

다른 사람의
마음을 듣는다는 것은,
어쩌면
내 마음을 들려줄 차례를
기다리는 것과 다르지 않다.

넘치지도 않고,
호들갑스럽게 맞장구치지
않아도 좋은 것.

말하는 이와
듣는 이.

모두가 평온할 때
이야기는 맛있기 마련이다.
맛있는 이야기에도
특별한 레시피가 있지 않을까.

무작정, 여행이란 거

그 자체로,
좋아하는 것을
더 좋아하는 방법.
이런 건 어떨까요?

목요일 저녁,
비행기를 타고
무작정 여행이란 걸 떠났습니다.
핸드폰도 놓아두고,
책도 노트북도 없이
제주로 훌쩍 날아갔습니다.

호텔에 둥지를 틀고
며칠이지만
바닷바람,
아침 햇살,
어떤 풍경이 만들어 놓은 소리와 빛깔을
잔뜩 몸에 묻히고 다시 돌아왔습니다.

아침부터 아침까지의 제주
밤부터 밤까지의 제주.
자연이 만들어 놓은 풍경을 바라보다가
"그 자체로 좋은 일. 좋아하는 것을 더 좋아하자!"라고
메모지에 적었습니다.

사람이든,
일이든,
꿈이든,
힘이 들어가면 저도 모르게 포장을 하게 됩니다.
그러니 제주도의 자연이 만들어 놓은 풍경처럼
그렇게 흘러가기로 했습니다.

177 사실, 그게 제일 힘든 일이기도 합니다.

문득, 어느 날

어느 날
문득이란 단어가
'문득' 떠올랐을 때.
해야 할 일이 있다.

아침 운동을 다녀오다가
갑자기 '문득'이란 단어가 떠올랐다.
집에 들어와서 사전을 찾아봤다.

문득_이란 단어가 주는 질감은
'추억이나 그리움' 정도를 품고 있지 않을까.
그래서일까?

문득_이란 단어는,
내 앞에 놓여 있는 말이 아니라
내 뒤에서 손 흔드는 생각일지도 모른다.

그래서 문득이란 말은
미래보다 과거에 더 다가서 있는 말이다.

문득_떠오른 사람
문득_떠오른 기억

이렇게 문득은 되돌아가고 싶은
어느 공간과 시간으로 우리를 소환한다.
지금 '문득'
누군가 혹은 무언가 떠올랐다면,
당신은 '행복했던 기억'을 떠올리는 중일 것이다.

179   그러니 천천히 음미해 볼 것!

어떤 욕심 아래 서 있을 때

비슷한 시간에 두 개의 약속이 잡혔다.
둘 다 미룰 수 없는 시간일 때,
선택이란 것을 해야 하는데.

간혹 기준점 잡기 어려울 때도 있기 마련,
지나온 세월을 봐서 가야 할 곳과
앞으로 세월을 봐서 가야 할 곳과

그런 잣대로 저울질한 경험이 없으니!
세상살이에 별걱정을 다하는가 싶지만….
사람살이를 두고 보면, 고민 아닐 수 없는 일.
그래서 조금 더 가난한 곳
조금 더 필요로 하는 곳
그렇게 움직였다.

쉼표

쉼표 하나,
놓아둔 하루는 참···.

"길다."

그래서 쉼표는 마침표와 함께,
있어야 하나 보다.

그대의 불금, 그 곁에 있는 사람

어떤 금요일은,

혼자 무언가를 먹거나 마신다.

"당신도 그런가요?"

금요일

보통의 날보다 여유 있는 날이다.

토요일과 일요일이 있다는,
단지 그 이유만으로도
마음에 여백이 생긴다.

일의 속도나
만족도가 조금 높아진다.

생각이나 마음에도
조그마한 틈이 생기고,
그곳으로 '어떤 바람'이
불어온다.

바쁘다는 핑계로
힘들다는 이유로
어렵다는 까닭으로
잰걸음으로 하루를 살다가,
이렇게 금요일 어느 시간에 묻곤 한다.

"그리운 이를
그리워만 하면서 사는 건 아닐까?"

물음표가 그리운, 어느 날에는

그대에게
"나도, 그런 사람인가요?"
다시 묻는 밤이다.

마음이 고플 때
책을 읽거나 음악을 듣거나,
버스나 전철로 '일상여행'을 떠난다.

굳이 멀리 놓여 있는 것에
손 뻗지 않아도, 마음이 고플 때면
허기를 채울 수 있다.

그런데
마음이 아플 때
책이나 음악, 심지어 여행까지도
그 슬픔에 다가서지 못하는 그 순간,
파드닥하고 떠오르는 사람.

마음이 아플 때면,
사람만이 달래 주는 공간이 하나 생긴다.

세상에서 단 한 사람이 보듬을 수 있는 곳.
그대 그 사람을 가졌다면,
행복한 사람이다.

185

편지 1_종이 위에 마음을 새기다

봄에 쓴 편지에는
나물 냄새가
배어 있다.
여름에 쓴 편지에는
비 냄새가
담겨 있다.
가을에 쓴 편지에는
낙엽 냄새가
묻어 있다.
겨울에 쓴 편지에는
따뜻한 사람 냄새가
스며 있다.

종이 위를 천천히 걷는
연필의 사각거림을 좋아한다.

가느다란 실핏줄이 살아 숨 쉬고,
손끝에서 마음이 툭 하고 새겨지는
그 순간을 좋아한다.

나는,
머리가 아닌
가슴으로 쓴 글자를 좋아한다.

새하얀 눈밭을 걷듯이
다정스레 전해진 생각의 틈,
마음의 결을 사랑한다.

그런 까닭에, 네가 준 편지로
나는,
너를
더 사랑하게 되었다.

187   어느 날 쌓아둔 종이 편지들을 다시 꺼내 읽으며….

편지 2_마음과 마음을 잇는 종이다리

연필 한 자루,

종이 한 장으로 마음을 전하는 일.

생각처럼 쉽고 또,

생각보다 어려운 일.

마음이 닿아 있지 않은 사람과 차를 마실 수 있다.

술 한 잔을 마실 수도 있다.

그런데 편지는 나눌 수가 없다.

쓸 수도 받을 수도 없는,
반쪽 마음으로는 보낼 수 없는 것.
편지가 그렇다.

'보고 싶은'으로 시작해서
'보고 싶다'로 끝나는 우정도.
'그리운'으로 시작해서
'그립다'로 끝나는 사랑도.

편지는 보내는 이와
받는 이가 '마주 보는 곳'에서 닿아 있다.
보이지 않는 끈으로
마음과 마음을 잇는 '종이다리'가 된다.

아이러니하게도 생각은 마음 같지가 않아서,
쉽게 주고받지 못한다.

편지는,
좋아한다는 말이나 사랑한다는 말보다
189 더 쓰기 어렵다.

보고 싶다面

"그대 얼굴이 보고 싶다."

보고 싶다면
만나야 합니다.

사람과의 관계를 두고
누군가 물어 오면,
제 답은 항상 그렇습니다.

보고 싶다면
만나러 가세요.

어느 날
문득 어떤 사람의 얼굴(面)이
떠오른다면,
꾸미거나 감추지 않고
내달려 보는 건
어떨까요?

첫눈, 오는 날

누군가 미끄러지듯이
서둘러 가는 이가 있다면,
그는 지금 누군가에게로 향해 가는
중이겠지요.

오늘은 그 혹은 그녀를 위해서만
'살아보면(面)' 어떨까?

191

1초면, 충분하다

좋아하는 것을.
좋아하는 사람이 좋다.

좋아하는 것을 '꿈'으로 삼고,
'일'로 삼고 있다면 그는 행운아다.
좋아하지 않는 일로 '業'을 '삶'는다면,
몸에도 마음에도 힘이 들어간다.

힘이 들어가면 저절로 욕심이 생기기 마련이다.
욕심은 어떤 불안에서 생기는 반사작용이다.
그래서 그 주변에는 '불만과 투정, 질투와 시기' 등이
늘 따라다닌다. 그런 것들과 맞서 싸우느라 생각이나
행동은 조급해진다.

그래서 늘 무언가에 지치고 피곤하다.

한가함을 잃어버려서, 여유가 무엇인지 모른다.
여유란 단순히 게으르거나 쉬는 것이 아니라,
채우는 어떤 과정임을 경험한 적이 없기 때문이다.
늘 지치는 것에는 그만한 이유가 있다.

어린 시절을 돌아보면 알 수 있다.
아이들은 좋아하는 것을 좋아하는데
걸리는 시간이 짧다.
무엇인가 혹은
누군가를 좋아하는데 걸리는 시간이….

'1초'면 충분하다.

그리움, 마음 안쪽에 담긴 기다림

그리움,
마음 한쪽에 불이 켜지고 나서야
비로소 보이는 것이다.

그리움과 기다림 사이에,
조바심이 끼어들 자리를 만들지 않기로 했다.

새벽이 가까운 혜화동 골목을 달려 어서,
집으로 가고 싶었다. 가서,
이렇게 말하고 싶었다.

생각이 따라가지 못한 행동을,
믿음이 다져지지 못한 시간을,
더는 자책하지 않는다고….

그러니 "걱정하지 말렴."이라고 들려주고 싶지만,
나는 말을 할 수 없고 그 사람은 들을 수 없다.
그러니 이렇게 손가락으로 말을 하고,
눈으로 들을 수밖에 없다.

그래도
아직은 다행인 시절을 '우리는 잘 걷고 있다.'고
믿기로 했다.

기다림은,
가슴 한쪽에 불이 켜지고 나서야 비로소 보이는 것.
그런 것인지도 모른다. 마음 안쪽에 오랫동안
둥지 틀고 있던 그리움이 툭,
하고 발아되는 그 시간이나 공간을
서둘러 걷지 말아야 한다.

195

그리움이 만약 숫자라면?

'그.리.움.'

세 글자를 숫자로 표현할 수 있을까?

만약 '그리움'이 글자가 아니라

숫자라면 그 끝은

몇 개일까?

0일까 100일까?
비워져서 하나도 남지 않은,
0일지도 모른다는 생각이 들다가
꽉 채워져서 더는 들어갈 곳 없는,
100일지도 모른다고 생각했다.

그런데 곰곰 생각하고
마음을 들여다보니
그리움의 끝은 99라는 생각이 들었다.

마지막 하나를 기다리지 못하고,
다시 0으로 되돌아가고 마는 99….

그대를 기다리는 동안
내가 세고 있는 숫자는 지금
어디까지 닿아 있을까?

그러니
너무 늦게 오지는
마시기를!

행복이란_상상한 것을 찾아내는 것

해야 할 일과 해야만 할 일,
그 사이를 방황하다가 문득 떠오른
어떤 생각이 있다.

상상력은,
발명의 형태로 나타나기도 하고 또,
발견의 모습을 띠기도 한다. 결과로 보면,
마음이나 생각 속에 담겨 있던 것을
우리 눈에 보이도록 하는 것.

그런데 조금 더 깊게 생각해 보면
상상력은?
세상에 없는 것을 보는 것이 아니다.

어딘가 숨어 있는 것을 찾아내는 힘이
바로 상상력의 시작이라는 글을
어디선가 읽은 적이 있다.

행복도 그와 비슷하지 않을까?
내 것이 아닌 것에 욕심을 부리거나
요행처럼 왠지 '한방'이라는
헛된 기대를 품게 하는 그런 것들.
어쩌면 행복은 그런 것과 거리를 둔 채,
우리 주변을 자전하거나 공전하고 있는지도 모른다.

하늘에 떠 있는 별을 찾아낸 것은 요행이 아니라,
어느 천문학자의 꿈과 노력인 것처럼,
행복도 "언젠가 네가 꼭 알아줄 거야."라는 마음으로
그렇게 우리 주변을 맴돌고 있을지도 모른다.

아주 멀리 떨어진 요행이라는 별보다,
내 가까운 주변에 있는 행복이라는
별 찾기를 해 보는 것도 좋은 밤.
그런 생각이 문득 떠오른 그 어느 즈음….

행복이란_나를 감추지 않는 것

"도대체 행복이란 무엇일까?"

연극 관련 자료를 찾다가 인터넷 서점에서 '행복'을 키워드로 검색하니, 국내 도서만 10,999권에 이른다. 어느 한 곳만 검색했으니, 보통 통계란 5~10% 오차 범위가 있을 테고, 그래도 1만여 종의 도서가 '행복'이란 활자를 입고 서점에 놓여 있다.

'행복'하고 싶어서인가? 아니면….
'행복'하지 않아서인가? 갑자기….
'행복'이란 책이 많은 까닭이 궁금해졌다.
대부분 우리는 이른 아침에 길을 펼치고 나아간다. 그

러고는 늦은 밤 그 길을 돌돌 말아서 다시 집으로 돌아온다. 그 틈에 '나는 몇 번이나 행복했을까?'라는 질문이 생겼다. 요즘 그렇다. 먹고 살기 바쁜 '사람들' 틈 속에 끼어서 '이방인'처럼 쏘다녀서 그런지 몰라도. 아니면 헨젤과 그레텔처럼 빵 조각을 조금씩 덜어 내서 다시 '집'으로 돌아갈 이정표를 만드는 것인지.

늦은 밤 혜화동을 걸으면서 '행복이란 무엇일까?'를 생각해 봤다. 결국 내게 '행복'이란 '집'이라는 단어와 동의어로 자리하고 있다. 먹고 자는 집으로서가 아니라, '집'은 내게 다른 뜻을 지닌 낱말처럼 변화한다.

애벌레가 나비로 변하듯. '집'은 꿈일 수도 있고 사랑일 수도 있다. 변화하기 전의 모습이 누추하고 비록 남루해도 내 것이다. 들키지 않으려고 '마음의 창'을 닫을 필요도, 그렇게 '인내하고 참으며' 애쓸 필요도 없다.

행복이란 그렇게 나를 감추지 않는 것에서 시작되지 않을까. 늘 행복한 사람이 이 세상에 없듯이, 늘 불행한 사람도 이 지구에는 없다.

201

설렘, 어디로 갔을까?

전화벨 소리 하나에도
꽃처럼 피어나던 설렘.
이젠 다 어디로 갔을까?

아는 것이 많아지고, 바로 확인하는 것들이 늘어갈수록
어쩐지 더 삭막해지는 것은 왜일까? 옛날에는 전화벨
이 울리면 "누구지?" 하고 수화기를 들던 때가 있었다.

기다리는 사람의 목소리라도 수화기 너머에서 다가오면, 심장이 콩닥콩닥 뛰던 그런 때가 있었다. 기쁜 나머지 말문이 막히던 순간이면, 건너 쪽에서 다가오는 "여보세요? 여보세요?"라는 그 소리에 입을 막고 웃던 때가 있었다.

지금은 벨 소리와 함께 번호 창이 뜬다.
스마트하게 진화한 전화기 덕분에 '2초 판단'을 할 때가 있다. 스팸 전화를 제외하더라도, 내 전화기에 저장된 사람의 이름이 벨 소리와 함께 뜨면….

'받을까, 말까.'를 고민한다.
그 관계가 가깝거나 멀거나, 잘 알거나 그렇지 않거나.
관계없이 전화벨이 울리면 '2초' 동안 화면에 뜬 이름을 바라볼 때가 있다.

내 경우도 그렇지만, 다른 사람들도 그렇게 생각할 때가 종종 있다고 한다. 전화벨 소리 하나에도 '꽃처럼 피어나던 설렘'은 이제 옛날이야기가 되어 버렸다.

203

딱, 20초만 용감하자!

"딱 20초만 용감하자!"라는 말은
영화를 보다가 귀에 꽂힌 문장이다.

실화를 바탕으로 한 영화, <우리는 동물원을 샀다_We
Bought a Zoo 2011> 마지막 부분에 나오는 주인공의
대사이다. 영화는 비현실적인 이야기를 동화처럼 풀어
낸다. 두 아들의 아버지 벤저민은 아내 잃은 슬픔에서
벗어나기 위해 이사를 하지만, 하필이면 새로 옮길 집
이 수없이 많은 동물을 키우던 폐장 직전의 동물원이었

204

다. 가진 재산 모두와 바꾼 동물원을 새롭게 꾸미면서 벌어지는 에피소드에는 시련과 행복 등이 담겨 있다.

영화 마지막 부분에 벤저민이 아내를 처음 만나는 부분이 나온다. 어느 날 벤저민은 길을 걷다가 카페 안에서 차를 마시는 여인에게 첫눈에 반한다.

잠시 생각에 잠긴 벤저민은 카페 문을 열고 들어가 용기를 내 말을 건넨다. 이렇게… 느닷없이.

"왜 당신처럼 아름다운 여자가 내 말을 듣는 거죠?"
"안 될 이유도 없잖아요."

'딱 20초만 용감하자.'라는 생각을 행동으로 옮기면서 이야기는 끝난다. 20초만 용기를 내어 행동하고 인생이 바뀌는 경우가 있다면? 아마도 운명이나 인연이기 때문은 아닐까.

만나야 할 사람은 언젠가 만나듯이….
하고 싶은 일은 언제든 해야 하듯이….

마법의 열쇠_삶의 문제를 풀어줄

"마음의 문을 여는 손잡이는
'내 마음 안쪽'에 달려 있다."고 하지만
여간 해서는 쉽게 찾아지지 않습니다.

아마도 저 스스로 보듬지 못한 탓이겠지요.
타자의 시선에 신경 쓰느라, 정작 중요한 제 마음 한 번
토닥이지 못하고 늘 하루가 빨리 열리고 닫힙니다.

따라오는 이도 없는데 자꾸 뒤돌아보는 건
왜 그럴까요?

또 서둘러 도망가려는 생각을 마음이 먼저 아나 봅니다. 부지런히 시작하고 천천히 걸어가고 싶지만, 혼자 사는 세상이 있을 수 없으니…. 지나쳤던 마음들은 없는지 돌아보는 까닭이겠지요.

감기처럼,
늘 같은 상처에 아파하지요.
면역력이 좀 떨어진 날이면 좀 더 심하게 앓곤 합니다.
언젠가 나을 것도 알지만 문득 서러울 때가 있지요.
혼자라는 생각이 벽을 쌓고, 창처럼 날카롭게 '가시 돋힌 말'을 만들어 놓습니다. 그렇게 보이지 않는 가시에 찔리기도 하고 또, 찌르기도 합니다. 가까운 사람에게 더 자주 생채기를 남기는 건.

왜 그럴까요? 풀리지 않는 수수께끼처럼 그저 적당한 거리만을 유지하는 방법밖에는 없나 봅니다. 아니, 그 방법이 그저 최선이라고 자위하는 것은 아닌지.

혼자 묻고 홀로 답하는 날. 어김없이 깊은 생각에 빠지고 맙니다. 그런 날, 닫힌 마음을 열듯 창문을 엽니다.

207

어느 날 신발을 신다가

어떤 만남은
새 신발처럼 불편할 때가 있습니다.

새 운동화나 새 구두를 신으면
조금 불편하지요.
뒤꿈치에 작은 상처를 내기도 하고
어떤 때는 엄지발가락이 벌겋게 달아오르기도 합니다.

시간이 필요하겠지요.

어느 날 공연을 마친 늦은 시간
집게손가락을 이용해야 들어갔던 신발
무심코 발을 넣었는데,
신발 속으로 '쑥' 하고 들어갈 정도로 약간은 헐겁고
또 약간은 '부드럽게' 변했다면.

서로가 서로에게 길든 시간을
거쳐 왔다는 이야기겠지요.

신발을 신다가 문득
헐거워지는 것이 아닌 편안해지는 관계.
사람들에게도
시간이 필요할 때가 있구나 싶더군요.

독백 같은, 고백

살아간다는 건,
사랑하는 것과 다름없음이다.

'한다'라는 동사가 따라붙어야
비로소 '관계'가 시작되는 명사가 하나 있다.

아무나 설 수 없고, 누구나 열 수 없는 자리에
놓여 있어야만 빛나는 것.

불가능한 것을 가능토록 하는 힘이나 용기,
지혜가 이로부터 시작됨을 아는 것.

기적을 경험한 사람만이 그 절대 가치를 믿는 것.
그리하여 제 모든 것을 아낌없이 주어도
전혀 아깝지 않은 것.

"사랑한다."

'살아간다.'는 건,
'사랑한다.'의 다름없음이다.
'네'가 있어야 사랑할 수 있고
'내'가 있어야 살아갈 수 있음이다.

언제나 그랬지만, 이번에는 다를 것이다.
내가 사랑하는 사람이 나를 가장 힘들게 한다.

그 반대의 경우도 마찬가지다.
나는 지금 그곳으로 간다.

211 네가 있는 쪽으로….

그림자를 달고 산다

"모양을 지닌 것에만 그림자가 있다."

때론 왜곡되어 나타나기도 하지만,
그림자는 제 모양을 닮았다.
똑같지는 않아도, 빛에 살아나는 그림자를 보면
누구나 본래 모양을 짐작할 수 있다.

둥글면 둥근 대로,
모나면 모난 대로 크게 벗어나지 않는다.
그림자를 달고 산다는 건
조금 버거운 생을 딛고 가는 것.
어쩌면 그렇게….

여전히 세상에 존재하고 있는 것.

그와 다름없지 않을까.

보이지 않지만

마음, 그 어딘가에도 그림자가 있지는 않을까.

종종 감정에 뒤섞여 나타나기도 하지만

좀처럼 꺼내어 놓기 힘든 표정.

그 안쪽에 놓여 있는 것.

틈을 보이지 않아서

조금씩 틈새가 더 벌어지고 마는

마음속 마음 같은 것.

그렇다.

보이지 않아도,

보듬어 살펴야 할 것이 적지 않다.

한겨울

해는 짧고,

그림자는 길다.

213

설명이 필요 없는 사이_친구

설명하지 마라.

친구라면 설명할 필요가 없고,

적이라면 어차피 당신을 믿으려 하지 않을 테니까.   214

온종일 누군가에게 무언가를 설명할 때가 있다.
대부분 일과 관련한 것이지만
때로는 그렇지 않은 경우도 있다.
말도 대상이나 장소,
이유에 따라 놓이는 제 자리가 있지는 않을까.

잘못 놓인 말은 오해를 불러오고,
오해는 다시 또 다른 거짓말로 포장되기도 한다.
처음 말을 꺼낸 자리에서
한참 멀리 떨어진 곳에 툭하고 버려진 말.

말. 말들이 넘쳐난다.
그렇게 놓인 말도 결국 내가 꺼내 놓은 것일 때,
씁쓸함을 맛보곤 한다.

말조심보다는,
말을 조금만 아껴 보자.

그런 생각을 하고 나면,
친구가 보고 싶어진다.

흔적_사물이 남긴 그리움

사물이 놓인 자리.
그곳에서도 그리움은 피어난다.

사물(事物)도 한자리에 오래도록 머무르면,
그리움이 배긴다.

제 몸과 지면이 마주 닿은 곳.
바닥일 수도 있고,
측면 어딘가일 수도 있다.

때에 따라서는 매달려 있는 사물조차
그 자리에 오래도록 멈춰 있으면 사람처럼
그리움을 매달고 살아간다.

사물(事物)의 쓰임새가 없어져
사물(死物)로 변하기 전까지
'그리움'을 배고 사는 것.
그동안의 시간.
시간이 만들어 놓은 사연들.
그 모든 것들의 기록.
그러니까 그리움….

사람만이 무언가를 그리워한다는 착각.
이기적인 생각이 가득 찰 무렵.
그 겨울이 지나가던 시점,
아직 오지 않은 봄을 그리워하며 써 놓은
종잇장에는 이런 글이 쓰여 있다.

"인생은 너무 짧고, 특히 모든 것에 용감히 맞설 수 있
는 만큼 강한 힘을 유지하는 건 몇 년 되지 않는다."

사물의 흔적

자국과 자취,
그 사이에 놓인 기록을 바라보며

흔적이나 자취는,
놓인 자리에 있던 사람이
만든 것이다.

사물이 지닌
흔적을 보면
기록된 기억을
읽을 수 있다.
사람도 그러하다.

다만
사물과 다른 점이 있다면
흔적의 폭이 넓고 깊다.

말이나 행동,
문자와 표정 등이 그러하다.

그러니 어찌해야 하는가를
늘 생각해야 한다.

항상 그렇지만,
생각보다 행동이 빠른
세상이지 않은가.

어른이 된다는 건

"어른이 된다는 건, 어떤 것일까?"

어른이 된다는 건,
어릴 때 생각이 자라 있는 것.
꿈도 같이 따라 주었으면 하고 바라는 것.

어른이 된다는 건,
혼자 결정해야 할 일이 많아진다는 것.
책임이 늘어나서 가끔 벗어 놓고 싶지만
그럴 수 없음을 알고 있는 것.

어른이 된다는 건,

늦은 밤에도 깨어 있을 수 있는 것.

다음날에도 어김없이 일찍 일어나야 하는 것.

어른이 된다는 건,

몸 어딘가에 재깍재깍 시계가 있다는 것.

일어나서 할 것과 갈 곳을 시계가 알려 주는 것.

어른이 된다는 건,

오늘보다 내일 걱정이 더 앞서 떠오르는 것.

미래라는 단어와 조금씩 멀어지는 것.

어른이 된다는 건,

키가 더는 자라지 않는다는 것.

하늘보다 땅을 굽어보고 겸손해지라는 것.

어른이 된다는 건,

그런 것.

그러면서 더 늙을 때까지

투덜투덜 이런 것 저런 것 사이를 오가는 것.

착한 노동_혜화역에서 마주한 빅이슈 판매원

그저 사는 것이 아니라,
다시 살려고 하는 어떤 노동을
응원할 때가 있습니다.

일하는 것에 '선과 악'이 어디 있겠느냐. 싶지만
제 딴에는 열심히 하는 일 가운데도 때론,
사람이 사람에게 상처를 줄 때가 있습니다.

내가 의도했든 그렇지 않든
그런 경우가 드물지만,
간혹 겪는 일 가운데 하나이지요.

어느 날
열심히 살아가시는 어르신들을 볼 때
마음 한쪽에 뜨거움이 흐릅니다.

춥고 이른 새벽 시장에서 일하시는 분들이나,
빅이슈 판매 아저씨들을 볼 때도 그러합니다.

선한 노동은 정직하고,
아름답다는 생각을 하는 것도 그런 이유 때문이겠지요.

새해에는 착한 노동이 많았으면 합니다.
자신의 선한 노력으로 '나도 웃고 상대도 웃는' 그런
착한 마음이 많아지기를….
그저 살려고 하는 것이 아니라,
다시 살려고 하는 것이 있음을.

혜화역을 지나치다가 발걸음을 돌렸습니다.
그러고는 빅이슈 한 권을 사서 가던 길을
다시 걸어갔습니다.

잔을 대하는 태도

빈 잔을 사이에 두고
그 속에 이야기를 남겨 놓을 때가 있다.

찻잔을 사이에 두고 나눈 이야기와
술잔을 사이에 두고 섞은 이야기는
차이가 난다.

속을 보여 주는 방법도 다르고,
속을 비워 가는 방향도 다르다.
한쪽은 잔을 비우는 속도이고,
한쪽은 잔을 채우는 속도이다.

시작 지점은 같을지 몰라도,
그 끝은 전혀 다른 결말로 이어진다.

어느 잔을 사이에 놓아두고 이야기를 나누어도, '고이 간직할 이야기 하나' 정도가 남아 있으면, 그것으로도 '괜찮은' 만남. 그것이면 족하다.

이야기가 끝나고 뒤돌아서도 여운이 남아 있으면 '따뜻한' 자리다. 사람과의 이야기는 '끝'을 보는 자리가 아니라, '너머'를 바라보는 자리다. 터놓고 가슴으로 말하는 사람이 있다면, 그 자리에 '술잔'이 놓이든, '찻잔'이 놓이든 상관없지 않을까?

간혹,
그런 사람이 있으면 그것으로도 괜찮은 삶이다.

난, 오늘 그대의 '문득'이고 싶다

물처럼
유연한 것이 또 있을까?
유연함이란 보듬어 안는 것.
그대 상처를 감싸 안을 수 있다면,
시린 세월쯤이야.
내게 아무것도 아니다.

푸른 멍이 가슴에 박혀

도무지 벗겨지지 않을 때,

문득 위로가 되는 사람이었으면 좋겠다.

눈물로도 풀지 못하는

설움 가득한 날,

문득 떠오른 그리움이었으면 좋겠다.

수많은 그대의 시간 속에

닫힌 추억보다

열린 기억이 되고 싶다.

무덤덤한 계절이 쌓여 세월이 된다 해도

사시사철 마냥 좋은 사람보다

난, 오늘 그대의 '문득'이고 싶다.

그런 그대가

나의 '오늘'이었으면 좋겠다.

유연함이란 보듬어 안는 것,

그대 상처를 감싸 안을 수 있다면.

시린 세월쯤이야, 내겐 아무것도 아니다.

227

인생 수업_어떤 위로

"괜찮아?"라고 소란스럽게 묻기보다,
"괜찮아."라고 어깨를 다독여 주는 편이다.

사실은 '위로받기'를 좋아하는 편이 아니라서,
'위로하기' 역시 서툰 탓이다. 그러니 대부분 아무런 말
도 하지 않고, 묵묵하게 곁에 있거나 한걸음 정도 물러
나서 지켜보는 편이다.

소란스럽게 묻지 않아도
'그 사람이 담고 있는 슬픔이나 고통'이 어느 정도인지
안다면, 그 스스로 일어서기까지 시간을 열어 주는 것
도 필요하지 않을까, 싶은 날.
그러니 제발! "힘내라는 말"은….
"넣어 둬!"
"넣어 둬!"

소유할 수 없는, 소유

나는,
그대에게 어떤 존재인가요?

그대는,
내게 어떤 의미인가요?

어린 왕자의 장미가 아니라,
어린 왕자와 장미라는 걸….

어른이 된 뒤에 깨달았습니다.

그러고 보면,
세월은 그냥 덧없이
흐르기만 하지 않습니다.

229

꽃씨, 날다

생각보다 작거나 가벼운 것,
시작은 그처럼 보이지 않는
작은 것에서 발아한다.

욕심이란 짐을 지고 걸어 봐야
오래가지 못한다.
가벼워야 멀리 갈 수 있고,
생각도
행동도
그러하다.

멀리 가는 것은
대부분 가볍고, 욕심이 없다.

어떤 하루는 좀, 달라야 한다

"달라야 한다."

"달려야 한다."

모음 하나가 참 묘한 차이를 만들어 놓는다.
말이란 참….
한 주 동안 꿈꾸느라 일하느라 무언가를 하느라
말처럼 달렸으니, 망아지처럼 놀아보자.

'어디서, 무엇을, 어떻게'는 중요하지 않다.
'혼자서든, 둘이서든, 셋이서든,'

231 　망아지처럼 놀아보자.

3부,

뒤쪽에 놓인 기억

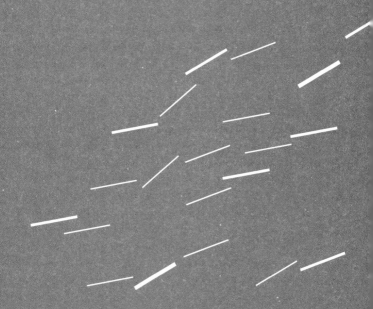

새해, 어떤 다짐

올 한 해,
그대가 있어서 고마워요!
그 말을 꼭,
들려주고 싶었습니다.

한 해가 또 지나갑니다.
이어달리기하듯, 새로운 한 해가 따라오지만
욕심의 절반을 비워내도 여전히
아쉬운 한 해가 또 떠나갑니다.

한 달 전부터 준비해 놓은 책상 달력을 꺼냅니다.
새것을 꺼내기 전, 지난해 달력을 한 장 한 장 손끝으로
넘겨보았습니다.

234

일기 예보처럼 어떤 감정이 담긴 날들이 기록되어 있습니다. 동그라미 그려진 날도 있고, 별표가 새겨진 날도 있습니다. 그러고 보니 지난 한 해도 당신으로 인해 고마운 날들이었습니다.

한 해가 가고, 다시 한 해가 오는
그사이에 저는 서 있습니다.

올해 제 새김말은, '사이시옷'처럼 하루하루를 살아볼 생각이랍니다. 모음으로 끝나고 첫소리가 된소리로 발음될 때, 붙여 쓰는 '사이시옷'. 가만히 '사이시옷'을 바라보면, 사람 '人'처럼 보이기도 합니다.

우리말의 단어와 단어를 이어 주는 '사이시옷'처럼, 사람과 사람의 생각을 이어 주고, 마음에 다리를 놓아 주는 '사이시옷'처럼 한해를 열어 볼 생각이랍니다. 올 한 해도 '그대가 있어서 고마웠습니다.'

그 말을 꼭, 들려주고 싶었습니다.

235

고백 같은, 독백

사람으로,
사랑하라!

누군가,
흔들고 있고
누구는,
흔들리고 있다
그래도
괜찮니,
그래도
괜찮다.

'사람으로 사랑하라.'는 생각이 떠올라 메모장에 옮겨 놓았다. 공연이 끝나고 텅 빈 무대에 앉아 있다가 집으로 돌아온 늦은 시간이었다.

왜 그런 생각이 솟았는지는 모른다. 다만, 우리가 살아갈 나날은 나무와 돌, 하늘과 구름이 품은 시간보다 훨씬 짧다는 것.

살아갈 날보다 더 짧은 것이 있다면 아마도, 사랑하는 날은 아닐까 싶었다. 돌연, 시간이 짧다고 여겼다. 이리 아까운 시간을 또렷하지 않은 욕심 앞에 내어 놓지 않기로 했다.

비가 왔고, 거리는 어두웠지만….
문을 열고 들어온 집에 온기가 피어올랐다.

고마웠다.

살아 있다는 것과 여전히 사랑할 수 있다는
이 시절이….

취중진담(醉中眞談)

간혹,
취중진담이 필요할 때가 있단다.

그 언젠가의 나는,
술병을 비울 때마다 '슬픔이나 노여움도 함께 비운다.'
라고 생각했었단다. 도무지 참을 수 없는 까닭이 그 시
절에는 왜 그리 많았던지.

술병 하나에 고민 하나를 비워간다고 생각했었단다.
그게 옳은 건지 그렇지 않은지 따위는 중요하지 않았
고, 그저 그래야만 할 시점을, 내가 받아들이는 수밖에
없는 듯…. 그러했단다.

다만, 그런 때가 있었던 것이 조금 다행이라고 생각하
는 건. 아마도 그러고 난 시절이 있었으니까.

지금 다시 채워야 할 것이 무엇인지 조금 알지 않았나 싶더구나.

요즘의 나는,
거의 술을 마시지 않는 편이야.
예전에 비해 그렇다는 이야기지만….

확연하게 달라진 건 술기운을 빌어 무언가를 말하려고 하지 않는단다. 술에 취한 채 비틀거리며 걷지도 않아. 길가에 주저앉아 넋 놓고 세상을 바라보지 않는 지도 옛이야기처럼 오래된 기억이더구나.

그런데, 오늘 냉장고 문을 열고 맥주 한 병을 꺼냈단다. 먼 길 어느 곳에 누군가 있다는 생각에 위로가 되는 밤 이기도 하고, 한 주를 잘 기다려 온 우리를 위한 '특별한 선물'이기도 하고,

오늘은…, "그리움을 마시는 데 한 병이면 부족하지 않은 밤"이기 때문일지도 모른단다. 사실 무엇보다, "고마워."라는 말을 하고 싶었나 보다.

239

기린의 꿈

어떤 단어에는
높이가 따라다닌다. 또,
어떤 단어는 넓이나 깊이로 표현하기도 한다.

문득,

기린은 어떤 꿈을 품고 있었길래
하늘에 닿을 듯
그렇게 목이 긴 짐승이 되었을까?

나뭇가지 끝에
매달린 잎새 하나를 보다가
또 문득,

떠오른 생각.

곁愛

네 곁에 놓아두고 싶은 건,

아마도 내 곁인지도 모른다고 생각했다.

네가 보낸 카톡을 읽는 동안,

멈추지 않고 든 생각이기도 하다.

곁에 곁을 놓아두는 일.

마음에 마음을 쌓는 일과

그리 다르지 않음을….

241

추억의 단상

어디 멀리 놓아두고 온 그리움이라도 있듯이,
자꾸 뒤돌아봅니다.

이미 가고 없다는 걸 알면서도,
자꾸 뒤돌아보는 마음을 나는,
나도 어찌할 수 없을 때가 있습니다.

서두르다.
서투르다.

단어 두 개가 떠올랐습니다.

어떠한 일도 '충분한 시간'은 없다는 것.

일도 사람도 '충분한'이란 전제를 채우기 어려운 까닭입니다.

나는,

다만,

서툴더라도,

서두르지 않고 삶을 걸어가는 길.

그렇게 하려고 노력하는 방법밖엔 없지 않을까?

누군가에게 다짐하듯

묻고 싶은 밤입니다.

어두운 밤.

거울 속에서도

나는,

생각에 잠겨 웅크려 있습니다.

243

인생 저울에, 기대며

'고맙다.'는 말의 답은,
'고마워.'다.

'사랑해.'라는 말의 답도,
'사랑해.'다.

우리가 잘 모르는 언어의
습관은 주고받는 관례의 문제.
우리가 잴 수 없는 저울에 기대어보면 어떨까?   244

군대를 들어가며,
어떤 꿈을 찾으며,
혹은
어떤 시절에 기대어,
"그래, 너라면."

내가 믿고
잠시 다녀오마.
라는 관계.

우리는
우리가 모르는 사이에
그런 관계를 잊고
잃고 사는 건
아닌지.

친구에게
문득 고마워진 어느
날의 기록.

사랑은, 명사(名詞)처럼!
우정은, 동사(動詞)처럼!

누군가의 이름을 떠올리면서 가슴이 뛰면,
사랑이고.
누군가를 떠올릴 때 신나는 일이 생각나면,
우정이다.

'여사친' 혹은 '남사친'이라는 경계의 단어가 남녀 사이
의 관계를 규정할 때가 있는데 완전하게 동의하지는 않
는다. 그러니까 이런 방식 때문이 아닐까? 사랑과 우정
은 '삶의 놀이'와 비슷한데, 무언가를 함께하는 동안 심
장이 뛴다면 사랑이다.

반면, 우정은 심장과 관계없이 마음이 즐겁다. 농구공
하나로 텅 빈 교정을 뛰어다니던 즐거움과 텅 빈 교정
에 농구대를 바라보며 행복한 것과의 차이처럼, 비슷하
지만 전혀 다른 간극과 관계의 차이가 있다.

인연은,

어디서 어떻게 시작할까? 20대 중반, 어느 가을부터 시작된 물음을 여전히 호주머니에 넣고 다닌다. 그러다가 간혹 낡은 편지를 다시 펴듯 물음에 답할 때가 있다.

인연은,

우연에서 비롯한다. 어떤 우연은 인연을 맺고 평생을 함께하지만, 거의 대부분은 시작처럼 끝도 짧은 그저 '우연'인 채로 마침표를 찍는다. 간혹 우연이 인연으로 성장하려면, 세월이란 자양분이 필요할 때가 있다.

사랑은, 명사(名詞)처럼!
우정은, 동사(動詞)처럼!

이라고 앞서 말했듯이, 친구의 말에 나는 대부분 '선뜻' 답한다. 고민이나 생각이 없다. 약속을 정할 때도 그 약속을 취소할 때도 그러하다. 친구가 어떤 부탁을 하든 나는 '그래'라고 답한다.

247   인디언은 우정을 '친구의 슬픔을 등에 지고 가는 것'이

라고 했다. 들을 수 있는 말을 하고 들을 수 있는 답을
하는 사이_그래서 우정은 사랑처럼 첫눈에 반하지 못
한, 마주하고 서로 쌓아가는 세월의 한 모습인지도 모
른다.

늦은 밤,
친구가 전화했다.

어떤 것을 물었고
나는 '그래'라고 답했다.

술에 취했지만, 그랬다.

그러나
술에 취해서 그런 것만은
아니다.

페이스메이커

인생은
마라톤을 닮았다.
결승점까지
반드시 달려야만
끝낼 수 있기 때문이다.
긴 구간을 달려 완주 테이프를 끊는 순간
그 순간의 환희는,
땀 흘려 달려온 이에게만 허락된다.

마라토너에게는 페이스메이커가 필요하다.
결승점을 끊기 위해, 자신이 아니라 다른 선수의 페이스를 조절해 가며, 그로 하여금 영광의 메달을 목에 걸어 주는 사람. 페이스메이커는 인생의 조력자다.

내 곁에 그런 사람이 있는지 돌아보는 새벽.

사람처럼, 꿈도 상처를 받는다

사람처럼,
꿈도 상처를 받는답니다.

언제 그럴까요?

잘 몰라 줄 때 그래요.
마치 사랑하는 사람이나 친구가
'나'를 몰라줄 때처럼,
상처 받아요.

그렇지만, 사람처럼 기대한답니다.
"언젠가는… 알아주겠지." 하고 말이지요.

사람처럼, 꿈도 상처를 받는답니다.
언제 그럴까요?

좋아하는 것을 하지 못할 때 그래요.
마치 사람처럼, 가슴 뛰는 일을 하지 못할 때
상처 받아요.
그렇지만 사람처럼 기다린답니다.

"언젠가는… 할 수 있겠지." 하고 말이지요.

사람처럼, 꿈도 상처를 받는답니다.
언제 그럴까요?
두 번 다시 할 수 없을 때 그래요.
마치 사랑하는 사람과 이별할 때처럼,
그렇지만 사람처럼 소망한답니다.

"언젠가는… 돌아오겠지." 하고 말이지요.

그래서
사람처럼 다친 꿈은 치유가 필요하지요.
사람처럼 닫힌 꿈은 열어 주어야 한답니다.
그 일을, 누가 할 수 있을까요?

관계_잇다, 잇다, 있다

사람은,

어떻게 변하는 걸까?

살아가는 동안 어떤 슬픔이 가장 오래도록 마음에 머물까? 간혹 그런 생각에 갇힐 때가 있다. 일은 노력해서 풀 수 있지만, 사람과의 관계란 모든 어려움의 시작이자 끝이 아닐까?

만남과 이별 사이에 성장통을 겪기 마련이지만, 여전히 불편한 관계를 맺고 끊는 사람도 있다. 최근 나는 어떤 일로 불편한 마음을 떨구지 못하고 지냈다.

그와 지낸 세월이 아깝다거나. 관계의 단절로 인해 생길 아쉬움 따위가 아니었다.

뭐랄까?

예의 없는 어떤 행동을 바로잡아 주고 싶은 마음이 생기다가 문득 그런 사람에게 시간을 나누어 준다는 것. 그 자체가 무의미함을 깨달았다.

말과 행동은 생각 너머 어떤 마음에서 비롯한다. 그가 내게 했던 행동을 돌아보면, 과거로부터 현재까지 그 마음을 알 수 있다.

민낯을 볼 때까지 그 속을 알 수 없는, 사람이란 그런 존재라고 생각하니 더는 내 시간을 나누고 싶은 마음이 사라졌다. 그와 대화를 하는 동안 볼펜으로 종이 위에 이렇게 써 놓았다.

"꼴도 보기 싫은 인간. 지우면 새로운 인연이 생긴다. 그 진리는 변함없으니, 과거에 아파하지 말자."였다.

'잊을' 건 잊자.
관계를 이을 사람을 찾아 '잇자.'
그러다 보면 좋은 사람이 곁에, '있다.'

253

풀리지 않는, 숙제

문제점은
문제로 볼 때
생겨난다.

풀리지 않는 자물쇠는 이 세상에 존재하지 않는다.
어딘가에 열쇠가 있다.

사는 동안 마주하는,
인생 숙제도 그러하다. 풀리지 않는 숙제처럼,
그런 관계가 있다.

연출가와 배우,
배우와 관객,
관객과 제작자.

그리고 그 너머 어느 한쪽에
무관심하게 서 있는 삶.

풀리지 않는 숙제란 없다고 생각하지만,
간혹 그런 상황에 빠질 때
여러 가지 경우의 수를 놓고 바라본다.

그렇게 충분한_사실 이 충분함의 경계가 늘 모호하지
만_시간을 둔 뒤 행동한다. 그즈음 다시 한번 확인하는
것이 바로,

"생각의 속도보다 행동의 속도가 빠르지 않기를!"
하는 바람이다.

나름의 철칙이기도 하다.
늘 새겨 두는 생각이지만,
간혹 무너뜨리고 감정대로 대응하고 싶을 때도 있다.

문제의 시작도, 그 끝도….
결국, 사람인가?

생존 일기, 새끼 거북의 분투기

우리는 각자,
나름의 방식대로 생존한다.

알을 깨고 나온 새끼 거북이 생존할 확률은 3%에 불과
하다. 그렇게 살아남은 거북만이 바다로 향한다.
50일간의 부화를 끝낸 새끼 거북의 사투를 보고 있노
라면, 생존은 치열한 본능을 품고 있구나 싶었다.

산다는 건, 그저 살아가는 것이 아니었음을….
저 스스로 찾아가는 '삶의 길 찾기'임을 들려 준다.
우리는 각자 나름의 방식대로 생존한다.

크든 작든
힘이 있든
없든.

모두 마찬가지다.

바다를 품고 떠난 새끼 거북은 15년 뒤면
다시 제가 태어난 곳으로 돌아온다.

드넓은 대양을 헤엄쳐 온다.
무려 4천km에 이르는 거리,
그를 고향으로 이끄는 힘은
어디에서 비롯할까?

천 한 번의 용기

위대함은
무엇을 하느냐에 달린 것이 아니며
무엇을 하든 그것에 사랑을 쏟는 것이니
내 길을 찾기 전에 한참을 기다려야 할지도 모른다.

천 번의 헛된 시도를 하게 되더라도
천 한 번의 용기로 맞서는 것. 다시 봄이다.
창문을 여니, 바람이 그러하다 전한다.

닫힌 블라인드를 걷어 내니,
또 햇살도 그러하다 전한다.

봄이 전하는 기운이란,
내가 딛고 다니는 땅에서 돋는 힘과 같다.

시리도록 차가운 바닥을 견뎌 온 시절,
그 속을 걸어 본 사람.
그 사람만이 알 수 있는 지점이란 것이 있다.
나는 지금 이 봄과 함께,
그 지점에 서 있다.

구본형 작가의 책
<미치지 못해 미칠 것 같은 젊음> 서문에 실린
글 한 편을 읽고, 혜화동 마로니에 공원을 거닐었다.
입춘대길이란 글자 대신에
'단단한 마음' 한 수를 걸어 놓았다.

"천 한 번의 용기"

지상에 인간이 존재하기 그 이전부터
봄은 그렇게 겨울을 견디었을 것이다.
나는, 그 봄처럼….
"천 한 번의 용기"로 이 봄을 맞이한다.
어딘가에서 따뜻한 소식이, 걸어온다.
259 그렇게 봄도, 희망도 온다.

내가 걷는 방향으로, 길은 이어진다

누가 뭐래도.
내 인생이다.

시간은, 시간을 밀고 지나간다.
하루는, 하루를 접고 다가온다.
계절은, 계절을 덮고 깊어 간다.

세상 모든 것이 홀로 떨어져 존재하지 않는다.
시련은 시련과 부딪쳐야 극복할 수 있고,
상처는 상처와 맞닿아야 아물 수 있고,
눈물은 눈물과 만나야 씻을 수 있다.

꿈은 반드시 꿈과 이어지고,
희망은 언제나 희망을 따라 차오른다.

세상 모든 것이 홀로 떨어져 있지 않고,
비슷한 존재와 만나 그 대상을
밝힌다.

그러하니,

멈추지 말고 행군하라!
홀로 걷고 있을 때
반드시
동행하는 벗이
다가오리라!

인생 수업_겸손

인생은 겸손에 관한
오랜 수업이다.
그런데 말이야. 자신을 낮추는 건, 아무래도
'쉽지 않은 일이야.'

요즘 같은 시절에 '낮춤'이란
단어가 지닌 '의미'는 뭘까?

길을 걷다가 부딪힌 어깨 사이로
잠깐의 침묵이 흐를 때.

"아, 미안합니다. 괜찮으신지요?"
라고 먼저 말할 수 없는 건

‘사과 따위는 필요 없어.’라고 말하는
그대의 눈빛 탓인지도 모르지.

그도 아니면, 그대처럼 나 또한
그런 눈빛을 하고 있었던가.

무심하게 돌아선 거리가 삭막해지는 건
꺼내지 못한 ‘사과’, 그 한 마디 때문인 듯싶더라고.
먼저 화를 내기는 쉬워도
먼저 화해를 청하는 것에 인색한 탓
그런 것에 길든 삶이 평온할 리 없는 것처럼,
너나 할 것 없이
그렇게 하루를 아득바득 살아내는 건 아닌지

바짝 치켜세운 목이나,
부릅뜬 눈으로 하루를 살다 보면,
생각보다 더 피곤하거나
힘든 건
우리 자신이더란 말이지.

아직도, 경험의 부족이란 생각을 했다.
오랜 시간을 살아 내고도….

몸 어딘가에 겸손을 담아 놓지 못했으니 말이다.

주말엔 마음 그릇을 조금 더
깨끗하게 닦아 놓을 생각이다.

조용히 그렇게
더 조용하게.

월요일 아침,
마음 그릇을 덜 닦았는지….
또, 화를 낸다.

차이, 그 느림의 철학

빠름과 서두름은
다르다.

느림과 게으름이
다르듯이.

쉴 틈 없이 일하고 나면,
삶의 한쪽이 구겨진 듯 아프다.

좀 느슨해져야겠다고 다시,
생각한 날.

여백과 공백, 그 사이에

무언가를 채우기도 어렵지만,
비우기란 또 얼마나 지난한가.
채우려는 마음은 '채우기'에만 집중하니,
선택이 필요하지 않다.

하지만 비우려는 마음은 '할까 말까'의
그 경계를 넘나든다.

그러니까 비운다는 말은
'무언가를 꺼내 공백을 만든다.'라는 의미이다.
'할까 말까'는 '버릴까 말까'라는 고민과
비슷한 지점에서 서성이는 불안함,
그 한 조각이다.

불편한 감정에서 떨어져 나간 파편과 비슷하다.

시간의 길이를 모르는 나는

요즘 해가 뜨고 지거나 어둠이 열리고 닫히는 방향에서 그 길이를 측정한다. 또렷한 목적이 있지도 않고, 그렇다고 무언가 거창한 사색에 젖기 위함도 아니다.

보이는 대로, 보이지 않는 곳을 향해 눈길을 건넬 뿐이다. 그러다가 문득 마주하는 '단어'에 조금 더 기울일 뿐이다. 시간이나 관심 혹은 감정의 어느 한 쪽으로 그렇게 기울어질 뿐이다. 그러니까,

'기울다'

비운다는 말이, 기울다는 말과 전혀 다른데 어쩐지 비슷하게 느껴진다. 아마도 '비우기로 마음이 기울었기' 때문이겠지. 차고 넘치는 것, 대부분이 어떤 욕심이나 미련이니 무언가를 다시 채우려는 생각이 돋아나면, 비워야 한다.

억지로가 아닌, 마음이 닿고 싶은 쪽으로 기울면 그만이다. 기울고 나면, 비울 수 있는 까닭이다.

267 여백을 만들려면, 우선 공백부터 있어야 한다.

봄바람, 그 어느 날 참 따뜻했던

'내가' 바라는 것과
'내게' 바라는 것.

그 사이에는 언제나 골목이 있고
그 길 사이로
간혹 바람이 일어난다.

마주 섰거나 마주쳤던 사람들,
그 무성한 섬을 지나 집에 들어서면
'마주할 사람' 가족이 있다.

바람 불거나 비가 오는 날
대나무 숲에서
살살 한 자락 소망이 분다.
따뜻한 바람이, 분다.

그런 날도 있어

어떤 날,

또 이렇게 무너진다.

다시,

일어서야지….

하고

생각이,

'다짐에게'

말한다.

까까_어떤 고민과 다른 걱정 사이에 놓일 때

어떤 고민은
너무 간단하고,
다른 고민은
너무 어렵다.

그러니까 이런 식이다.

"살까? 말까?"
고민일 때는 "사라!"

"갈까? 말까?"
서성일 때는 "가라!"

"할까? 말까?"
조급해질 때는 "해라!"

어떤 일은 망설이는 시간보다
행동으로 옮기는 편이 좋다.

설령 만족스럽지 않은 결과에 다다르더라도
경험을 얻는 것이니
주저하거나 망설일 까닭이 없다.

그런데

사람의 경우는 조금 다르다.
알다가도 모르겠다고 느껴지는 사람은
그냥 처음부터 모르는 사람이다.

그 사람을 위해 내 시간을 나누어 주는 일

그 일의 끝엔 후회 그리고 후회밖에 남지 않는다.
세상에서 가장 어려운 선택은 바로
사람이니까.
사랑이니까.

여행, 어떤 이끌림

짧은 여행을 갔다.

느닷없이 어딘가로 떠나고 싶은 마음이었고, 그런 마음으로 고민할 때였다. '그래, 가자!'라는 생각으로 문을 나섰다. 곧 다시 돌아올 생각이었지만, 그때가 언제일지는 모르겠다는 듯, 그렇게 무작정 길을 나섰다. 여행이란 늘 그렇다.

떠나고 싶은 마음이 시간을 이끌어야 하고, 머물고 싶은 공간에 생각이 머물러야 한다. 어떤 이끌림 속에 머물기를 바라는 마음. 그 마음을 따라 길을 나서면 늘 설렌다. 아주 어렸을 때 그런 꿈을 꾸었고, 그 생각 때문에 '얼른 어른'이 되고 싶었다.

"어른이 되면 난 매일 소풍을 갈 거야. 이렇게 좋은 날이 일 년에 한 번이라는 게 말이 되냐고. 어른이 되면 꼭 그렇게 할 거야."

어른이 되면, 하고 싶은 것을 다 하며 살 줄 알았는데. 하고 싶은 일보다 하기 싫은 일을 참고 사는 법부터 배우고 말았다. 그게 버릇처럼 습관이 되어버렸을 때, 어른으로 살기도 쉽지 않구나 싶었다. 그렇게 어른처럼 살아온 세월이 꽤 오래다.

그러다가 어느 날 '더 늦기 전에'라는 생각이 마음으로 이어졌다. 그래서 그렇게 오늘, 여행을 갔다. '갔다'와 '다녀왔다' 사이, 그 어느 지점에서 서성거린다. 돌아갈 곳이 있어서 안심이지만, 그렇다고 꼭 돌아가고 싶은 것도 아니라는 두 마음 사이에서, 서성인다.

우리는 매일이라는 문을 열고,
일상이라는 여행을 '무작정 떠나는 건' 아닌지.
간혹, 발바닥이 간지러울 때가 있다.

273

젊음, 담기에 넘치고 또 부족한

그래. 당신은 젊어서 좋겠다.
그런데 좋은 건 너무 빨리 지나간다.

젊음을,

한 줄 문장에 담기에는

넘치는 단어다.

아니다.

젊음을,

가둘 문장은 없지만
펼칠 문장은 가득한
그런 단어다.

간혹,

'젊다'라는 단어

그 희망의 덫에 걸릴 때가 있으니
조심할 것.

275

안녕, 여름아

그해 한철
여름을 함께 '잘 난 선풍기'를 닦는다.
나사를 하나하나 풀고,
날개 한쪽 한쪽을 닦는다.

쓱쓱
싹싹
지난여름 내내 신나게 달려 준 녀석.
고마운 마음에 쓰다듬는다.

내 위로가 닿을지는 모르지만
고마운 인사가 손끝마다 이어진다.
눈물이 뚝 하고 떨어진다.
여름이 떠나는 자리를
가을 빗방울이 마중 나왔다.

"잘 가."라고 나는 말하고
다시 "잘 가."라고 짧게 말한다.
떠나온 것도 떠나보낸 것도
내 마음
그 마음이 미워지는 날이
자주 찾아온다.

"잘 가."라는 마음은 네 마음
"잘가."라는 마음은 내 마음

그 틈에
빈 마음 하나가 생겼다.

여름이 내게 '안녕'한 것인지,
내가 여름에게 '안녕'한 것인지.

우리는 그렇게 서로서로 '안녕'한다.
네잎클로버 행운의 날개로
그해 한철 여름을 내달린
선풍기를 닦는다.

물레걸음

사람이 산다는 건
결국 만나고 사랑하다
다시 헤어지는 그 반복

천천히 삶의 바퀴를 돌려
다시 제자리로 돌아가는 일이지 않을까.

생을 딛고 앞으로 나아가고 있다고 생각하지만, 천천히
뒷걸음치며 낡거나 늙음의 경계를 넘어서는 일인지도
모른다.

다만, 우리 기억이나 추억 속에 잠긴 편린들이 기억 속
에 편리대로 저장될 뿐이다. 혜화동에 가면 시대의 변
화와 마주하는데 나는 쓰임새뿐만 아니라 모양새가 바
뀌는 것도 그닥 좋아하는 편이 아니다.

다른 도시에 비해 천천히 흘러가지만, 결국 혜화동도 내가 거닐던 그 시절의 어느 때와 조금 멀리 떨어져 있다. 조금 멀리 그렇지만 낯설지 않은 공간의 기억. 마로니에 공원을 거닐었다.

공원은 겨울에서 봄으로 가는 길목에 놓여 있고, 나뭇가지에도 보이지 않던 싹이 툭 하고 돋았다.

봄은 '보다'라는 동사에서 비롯된 단어라고 한다.

공원 안팎은 보이지 않던 싹이 툭 하고 '틔움'을 시작하는 계절이고, 맑은 웃음과 함께 손잡고 어딘가로 가는 연인의 뒤꿈치가 더없이 가볍다.

겨울을 이겨 낸 봄이 소란스럽지 않게 피어나듯, 젊은 연인들의 사랑도 그렇게 꽃피우기를! 그처럼 흘러가기를! 겨울이 가고 다시 봄이 왔다.

그렇게 모든 시작은, 아직 늦지 않았다.

금붕어가 어때서

하나, 둘, 셋
딱 3초만 아파하자!
아픔을 이겨 낸 기억이 있다면,
그 또한 소중한 추억이지 않을까?
슬픔을 지나온 기억이 있다면,
그 또한 아름다운 추억이지 않을까?

어제의 시간이 내일을 만들어 내는 불쏘시개 같은 날도
있지 않을까?
이스라엘의 한 연구소에서 특이한 실험을 하나 했다.

일반적으로 알려진 것처럼. '정말 물고기의 기억력은
2~3초일까.'라는 사실을 검증한 것인데 연구원들은 한
달 동안 물고기에게 먹이를 줄 때마다 특정한 음악을
들려주었다.

4~5개월이 지난 뒤, 같은 소리를 내자 물고기들은 그 소리에 반응하며 먹이를 먹기 위해 몰려들었다고 한다.

이 연구 결과를 바탕으로 송사리나 큰가시고기, 구피 등의 물고기는 생쥐와 비슷한 지적 능력을 지녔고, 금붕어 또한 3개월 이상의 기억력이 있다는 것.

금붕어가 아닌 이상,
녀석의 지적 능력을 검증하기란 쉬운 일이 아니겠지만
세상 사람들이 흔히 말하듯 금붕어가 3초간의 기억력을 갖고 있다면….

슬픈 일은 "하나, 둘, 셋, 딱 3초만 기억"하는 것도
금붕어에게서 배울 수 있는 '지혜'가 아닐까.

잔인한 4월.
슬프고 힘든 일보다,
기쁘고 좋은 일만 떠올리면 어떨까?

산다는 것, 아니 살아 낸다는 것

산다는 것.
아니 살아 낸다는 말에는
'함께'라는 단어가 숨어 있다.

산다는 것,
아니 살아 낸다는 건

그처럼 그런 것인지도 모른다. '산다는 건' 무엇일까요?
조금씩 꾸준하게 나아지는 것일까요. 아니면 점점 멀어
지거나 혹은 서서히 낡는다는 뜻일까요. 뜬금없는 생각
이 하루를 지배할 때가 있습니다.

일과는 상관도 없는 것이 '쑥' 들어와서는 좀처럼 생각
이나 마음의 문밖으로 나가지 않는 때. 그런 날이 오늘
입니다.

공연장에 노부부가 찾아오셨습니다.

'노부부'란 표현, 참 싫어하지만 마뜩하게 설명할 문장이 없군요. 그래서 '노인'이란 노(老) 대신 '밥그릇' 노(盧)를 붙여 보았습니다.

'노부부(盧夫婦)'_한솥밥을 먹는 부부. 한결 좋아 보입니다. 아무튼 공연이 끝난 뒤에도 한결같은 모습으로 다정하게 문을 나서는 두 사람. 아니 한 사람처럼 보이기도 합니다.

공연장 가득 따뜻한 세월이 찾아왔습니다. 오늘 오후의 이야기입니다. 공연장 문을 열고 나서는 두 분의 뒷모습을 보다가 휴대폰에 이렇게 적어 두었습니다.

핑크빛이란 단어는 '사랑하는 연인'에게 자주 사용되는 단어이지만, 부부 사이에도 '핑크빛'이 따라다닙니다. 연애의 속도를 지나치면 '하얗게' 색이 바래겠지만, 그 하얀색 위에 다른 색으로 다시 그림을 그릴 수도 있겠지요. 은빛 머리의 두 분을 보면서, 핑크빛보다 더 깊은 사랑을 읽었습니다.

283

흔적 속의, 흔적

사람은
자취를 남기고
사물은
자국을 남기는지도 모른다.
그래서
흔적은 남에게도 나에게도 묻어 있는
세월의 기록이고
기억의 지도일지도 모른다.

흔적은 습관이다.
오랜 세월을 두고 자라는 나이테처럼, 속으로 두고두고
쌓이는 기록이다. 나무의 나이테가 저마다 다르듯, 사
람의 습관도 그러하다.

어쩌면 습관은 겉으로는 보이지 않고 내면의 경험이 만

들어 놓는 삶의 지도일지도 모른다. 낯선 것으로부터 당황하지 않고, 두려움 앞에서도 방황하지 않는 것. 그처럼 사람의 마음에도 이런 흔적은 남기 마련이다.

"인생은 너무 짧고, 특히 모든 것에 용감히 맞설 수 있을 만큼 강한 힘을 유지할 수 있는 건 몇 년 되지 않는다."라는 문장은, 빛의 화가 빈센트 반 고흐가 남겨 놓은 말이다. 빈센트 반 고흐의 말은 내게 나침반 같은 것이었다.

내가 읽다가 멈춘 곳이 어디인가를 표시해 둔 책의 갈피끈처럼, 복잡한 인생을 살아가다 보면 간혹 길을 잃을 때도 있다. 그럴 때 '어떤 흔적'은 방향을 찾는 데 도움을 주곤 한다.

사물이 놓인 자리에 자국이 남고,
사람이 있던 자리에 자취가 남는다.

어느 자리에 있는가도 중요하지만, 어떤 자취를 남기는지는 평생 생각해야 할 숙제다.

그대의 오래된, 허리띠처럼

시간을 이기는 사람이 없다는 것을 알지만,
지금은 이대로가 좋아.
한 번쯤 쓸쓸한 인생에 행운이 찾아와 줘도
좋은 것 아닐까.

때로는 흐리고 번개 치는 날들을 지나왔지만
우린 여전히 함께 있지. 아무렇지도 않은 듯,
아무렇지도 않아야 한다는 듯.

내일 같은 건
아무래도 좋아. 언제쯤이면
그대의 오래된 허리띠처럼
나도 그대의 일부가 될 수 있을까.
나는 요즘도 그렇게 있어.
하.염.없.이

오래전 어떤 선배가 사랑한 사람의 편지입니다.

나는, 그 선배가 그 사랑을 지우지 않았으면 좋겠습니다. 다만, 두 사람 곁에 새 사랑이 돋아나기를 바랄 뿐입니다.

10월의, 찰리 채플린처럼

행운이나 불행은 저 하늘에 떠다니는 구름 같아서
결국은 바람에 따라 달라지는 것에 지나지 않는다.

"내가 맛보았던 불행, 불운이 무엇이었든 원래가 인간
의 행운, 불운은 저 하늘에 떠다니는 구름 같아서 결국
은 바람 따라 달라지는 것에 지나지 않는다. 그렇게 생
각하니까 나는 불행에도 그다지 심한 충격을 받지 않
았으며 행운에는 오히려 순수하게 놀라는 게 보통이었
다. 나에게는 인생의 설계도 없으며 철학도 없다. 현명
한 사람이든 어리석은 사람이든 인간이란 모두 괴로워
하며 살아가는 수밖에 없는 것이다."

- 찰리 채플린(Charlie Chaplin)

눈물과 웃음의 가치를 동전의 양면처럼 갖고 있던 사람 채플린. 희극과 비극의 경계에 서 있던 그는 "희극성을 돋보이게 하는 장치로 이용되는 것이 비극성"이라 말하곤 했다.

조현병을 앓던 어머니, 런던 변두리에 위치한 빈민 학교 생활. 예민한 성격에 애정 결핍까지…. 시대의 희극왕으로 불리던 채플린의 유년기는 희망보다 절망에 가까운 현실에도 꺾이지 않았다.

"웃음이 눈물과 혹은 눈물이 웃음과 매우 가까운 거리에 있음"을 알고 있던 사람. 찌그러진 중산모에 허름한 옷차림을 했어도 그 누구의 희생양이 되지 않던 채플린. 행운이란 어쩌면 절망을 이겨 내는 사람에게 돌아오는 월계관 같지는 않을까.

누구나 가질 수 있지만 또 누구도 가질 수 없는 그런 행운…, 잃지 않기를 소망한다. 10월의 마지막 주 일요일. 공연을 마친 텅 빈 무대 위. 조금 전까지 나와 함께한 채플린들을 떠올리며….

다르다는 건, 조화롭다는 말

'단고추'라고 불리는
파프리카와 피망.

매운맛이 나고 육질이 조금 질긴 것이
피망이고
단맛이 나고 아삭아삭 씹히는 것이
파프리카다.

서로 다른 것이 모여
조화를 이룰 때
세상은 조금 더
맛있어진다.

비단 음식뿐만 아니다.
생각도 마찬가지.

가지가지 생각이 모이면
여러 가지 이야기를 나눌 수 있다.

같은 색깔, 같은 모양, 같은 생각은
단조롭다.

같은 것끼리
모여 사는 세계란
이 지상 어느 곳에도 없다.

다르다는 건
조화롭다는 것의 다른
표현일지도 모른다.

인생 수업_시간의 길이

미래는 여기 있다.
아직 널리 퍼지지 않았을 뿐이다.

백 년 이상을 사는 거북과
짧은 시간을 살다 가는 하루살이의
삶은,

같을까?
다를까?

뜬금없이 바보 같은 질문을 한 것은 온종일 무대 위에
서 누군가와 씨름한 뒤 그렇게 문을 나선 까닭.

집으로 돌아가는 길, 그 위.
빨강 신호에 걸려 길게 늘어진 크고 작은 차들의 꽁무

니를 물끄러미 바라보자니,
뭔가 엉뚱한 생각이라도 해야겠지 싶더라고. 삶을 놓아
두고 행복이라든가 혹은 그 가치를 시간의 길이로 판단
할지 시선의 깊이로 가늠할지, 바라보는 기준에 따라서
달라지겠구나 싶더라고.

그러니까, 파충류 가운데 가장 오래도록 존재해 온 거
북의 처지에서 보면 '지겹도록 길고 지루한 삶'일 수도
있고 애벌레로 몇 년을 지내다가 짝짓기한 뒤 사그라지
는 하루살이 눈으로 보면 '짧고도 찬란한 삶'을 살다 가
는 것은 아닐까.

'얼마나' 사는 것도 중요하지만
'어떻게' 사는 것이 중요한 까닭이 그렇지 않을까.

그러니 돌처럼 굳은 표정 짓고 거북처럼 살 까닭이 있
을까. 일주일은 길고, 하루는 유독 짧은 요즘.

아, 젊음이
나를, 지나가고 있다.

293

혜화동_가을밭길을 거닐다가

혜화동 낙엽이 익어 가는, 가을밭길을 아시는지? 혜화동은 가을이 참 멋진 동네입니다. 바스락바스락 낙엽을 밟고 걷다 보면, 세상에는 없는 '길'을 걷고 있다고 상상할 때가 있습니다.

'가을밭길'이 그렇습니다. 가을 나무는 낙엽을 결실로 맺지만 먹지는 못하지요. 그런데도 마음 한쪽이 '통통' 배가 불러오는 그런 밭이 있다면, 가을밭길이지 않을까 싶습니다.

그런 아침, 극단으로 미팅하러 걸을 때도 '가을밭길'을 따라갔습니다. 떠나가는 가을이 그리운 것이 아니라 다시 돌아올 가을을 위한 배웅 같은 그런 마음으로 말이지요. 그래도 어느새 겨울이더군요. 다른 것은 몰라도 '시간 약속'은 지키려고 노력하는 편이라 종종걸음으로 서둘러 도착하니 약속 2분 전이더군요. 도란도란 짧지만 따스한 이야기를 나누고 집으로 돌아온 길.

그 길에도 어김없이 혜화동 '가을밭길'로 걸어서 돌아왔습니다. 사박사박, 바삭바삭 길을 걷는데 또 문득 생각 한 줄이 들어오더군요. "흔적은 과정이 아니라, 결과"라는 생각을 메모하고, 조금 더 걸었습니다. 세상에는 '과정'을 중시하는 반쪽 세계의 사람들이 있습니다.

또 다른 세상에는 '결과'를 으뜸으로 여기는 반쪽 세계의 사람들도 있습니다. 이 두 단어로 이루어진 무수한 '문장들'은 우선 꺼내 놓지 않더라도…. 조금 더 소중한 것은 '흔적을 담아 놓는 그릇은 무엇일까?'라는 생각도 들었습니다.

오늘은 과정이나 결과의 목적성이 아니라 '흔적을 담아 놓는 좋은 생각' 몇 가지를 만나고 온 듯합니다. 믿음이란 본 것을 믿는 것이 아니라, 보지 않은 것을 신뢰하는 기다림이란 생각도 해 봅니다. 나뭇가지에는 가을이 없지만, 아직 길 위에 놓인 '가을밭길' 혜화동에 오시면 한 번쯤 걸어 보시는 건 어떠신지요?

새벽, 그 시간의 냄새

시간이 만들어 주는 냄새가 있다면
코를 대고 킁킁 맡고 싶다.

어제는 어떤 기억이 기록됐는지.
오늘은 무슨 기록이 기억될는지.
그리고 또 내일은 어떤 냄새로 가득 채워질지.

새벽은
아직 불에 닿지 않는 채소처럼
미립하지 않은 신선함이 가득하다.

그래서인가. 새벽 그 시간의 냄새는 참으로 촘촘하다.
조금 오래되었지만 여전히 낡지 않은 습관 하나가 있다
면 목소리에 귀 기울이는 것. 오랜만에 서점으로 나들
이를 갔다.

공연 준비를 하거나 프로젝트를 세울 때, 종종 서점에 간다. 사람들이 만들어 놓는 호기심에 귀 기울이다 보면 내가 만들고 싶은 어떤 무대가 그려지기도 한다. 연인 끼리 나누는 이야기에는 특별한 어떤 소리가 있다.

그 소리는 심장 박동처럼 생기 넘친다. 오른쪽과 왼쪽으로 나누어진 심장처럼, 각기 다른 삶을 살아온 사람들이 '연인'이란 이름으로 하나가 된다. 그 둘이 만들어 놓은 소리는 심장처럼 두근댄다. 어떤 생각이 풀리지 않거나 아이디어가 꽉 막힐 때면 '사람과 사람'이 만들어 놓는 어떤 공간에서 서성이는 것도 좋은 방법이다.

사람이 만들어 놓은 소리에 귀 기울이다 보면, 막혔던 무언가 툭하고 풀리는 경우가 있기 때문이다. 콘텐츠나 아이디어를 만드는 일을 한다면, 간혹 해 보는 것도 좋을 듯하다.

아이디어는 새벽 거리에서 느낄 수 있다. 그리고 책 속에서도 보이고, 사람들 속에서도 들리기 마련이니까.

빨강 우체통, 그리움을 담은 거리의 저금통

지나가지 않은 기다림은, 아직 그리움이 아니다.
기다림은 시간이 흐르고 나서야 그리움이란 이름으로
남겨진다.

앞에 놓인 그리움이란 없다. 늘 그리움은 시간이나 공
간이 흘러간 뒤에 '자국'을 남긴다. 세상 모든 흔적은
안타까움, 딱 그만큼. 코끝이 찡해지는 향을 지니고 있
다. 혜화동에도 조금씩 우체통이 사라져가고 있다.

그래서일까. 길을 걷다가 빨강 우체통을 보면 그렇게
반가울 수가 없다. 스마트한 기계에 밀려 조금씩 사라
져 가는 아날로그의 흔적들. 소용없는 것의 부재란 그
런 것인지도 모른다. 그리움 담긴 사연은 쉽게 잊지 못
한다. 어디로 갔을까? 그리운 이름, 부치지 못해 조바
심 나던 하얀 편지지와 남몰래 사연 가득 품고 서 있던

빨강 우체통. '문득'은 그리움의 단어다. 길을 걷다가 문득, 차를 마시다 문득 생각나는 사람이나 풍경이 있다면 그만큼의 그리움이 제 마음 밖으로 넘쳤다는 것. 그러니 두 손으로 잘 받아서 마르기를 기다려야 하리라. '어쩌면'은 아쉬움의 단어다. 만약이란 말과 비슷하지만 맛이 다른 향을 지녔다. 만약은 뜻밖의 기대를 품고 있다. '혹시'라는 뜻밖의 경우에 목이 길게 빠지곤 한다.

그러나 '어쩌면'은 확실하지 않음을 이미 알고 있지만, 돌아서 버릴 수 없는 미련을 담고 있다. 품고 있는 것에 한숨이 가득하니, 그 숨결이 다 갈라지기 전까지 목놓아 기다려야 하리라. 세상에 이유 없이 왔다가 또, 이유 없이 사라지는 것은 없다. 존재하는 모든 것은 흔적을 남기기 마련이다.

그러니 오고 가다 혹 또 지나치는 것은 없는지 조심스레 살필 일이다. 거리에서만 일어날 일은 아니다. 가정에서도 직장에서도 '내'가 있는 곳 그 어디서든 정성 들여야 할 것은 가득하다.

행복이란_내가 원하는 '길찾기'

"나는 지금 행복한가?"

하고 싶은 것과 그렇지 않은 것, 그 사이에는 '관심'이란 '기록'이 담겨 있기 마련이다. 어떤 것은 백 번을 가도 기억나지 않는데, 잠시 스친 것이 몸 안에 새겨질 때가 있고 보면, 그것은 오롯한 '관심'으로 밖에 설명할 방법이 없다. 평소 잘 가지 않는 길을 걷다가 마음에 드는 어느 한구석을 발견하면, 저절로 내 몸 어딘가에 그 풍경이 기록으로 남겨진다. 내 몸 어딘가로 찾아와 스며든 것은 무엇 때문일까?

빵집 문을 열고 나선 고소한 맛일 수도 있고, 작은 창문 밖으로 솔솔 빠져나온 커피 향일 수도 있다. 그도 아니면, 가로등 빛을 따라 물든 담벼락일 수도 있고, 함께 걷던 사람일 수도 있다. 소리로 기억하든, 맛으로 떠올리든, 아니면 시간이나 공간이 전하는 '매혹적인 감촉'

300

이든 내가 좋아하는 것은 어느 틈으로 들어와 내 속에 자리 잡기 마련. 그렇게 담긴 것은 또 언젠가 슬쩍 실핏줄을 타고 세상 밖으로 다시 나오곤 한다. 미로처럼 어지러운 삶 그 속에, 어쩌면 추억을 찾아가는 '나침반'이 내장되어 있는지도 모른다. 나도 모르게 '와봤던 곳. 먹었던 음식. 나누었던 이야기.'가 갑자기 떠오른다면, 그것은 관심이라는 핏줄을 걸어서, 내게로 스며든 어느 순간의 기록인 것이다.

"시간의 흐름을 전혀 의식하지 못하고, 자기가 하고 싶은 일을 하는 것이 행복이다." 어느 책에서 읽은 문장이다. 시간의 흐름을 의식하지 못한다는 건 푹 빠져 있다는 것이다. 10여 분 정도 통화했겠지라는 물리적 인식이 1시간 이상이었던 것을 확인했을 때, 정신없이 읽었던 책이나 혼이 쏙 빠지도록 보았던 영화나 그리고 삶 어느 구석에서 방긋 웃는 옛사랑이 그랬다.

내 시간을 몽땅 빼앗겼지만 내 마음은 풍선처럼 부풀어 올랐던 그런 기억, 하고 싶은 것, 만나고 싶은 이를 찾아 나선 길은 "그래서 따뜻하고 행복한 것."일지도 모른다.

영화 원작 소설 <7번방의 선물>을 읽다가

"세상 가장 천진한 그리움이 거기 있었다. 아무리 지능이 낮아도, 장애가 있는 사람이라고 해도 지울 수 없는 슬픔과 감출 수 없는 그리움이 있기 마련이다. 아빠는 여섯 살 지능으로 엄마의 죽음을 받아들였다. 그리고 남은 것이 그토록 천진한 그리움이었다."

- 소설 <7번방의 선물> 21쪽, 딸보다 어린 아빠 가운데

천만 관객을 동원한 영화 <7번방의 선물>을 오래전에 봤다. 조금 다른 분야이지만, 연극을 무대에 올리는 것과 영화를 스크린에 담는 것에 큰 차이가 없다고 생각하는 편이다. 그러니 어떤 영화가 흥행했다면 그럴만한 까닭이 있다고 여긴다.

영화를 보고 수첩에 간단하게 메모해 두었는데, '영화의 원작 소설도 챙길 것'이었고, 그렇게 시간이 조금 지

난 뒤 영화의 원작 소설을 읽고 있다. 심장이 마주 닿아 있어서, 오직 사랑하는 사람끼리 통하는 약속이 있다. 영화와 소설책에도 자주 등장하는 장면. "하나, 둘, 셋."하면 어김없이 이어지는 봉구 씨와 예승이의 행동, 서로 '마주 보기'다.

가난한 하루를 시작하는 인사이기도 하고, 지친 하루를 토닥이는 위로이기도 한 그 둘만의 신호이다. 두 사람 사이에서 "하나, 둘, 셋"은 숫자를 세는 기다림이 아니라 사랑이라는 약속이다. 흐름이 빠른 영화를 보면 놓치는 것들이 활자로 읽을 때는 도드라져 드러날 때가 있다. "바보에게는 바보의 방법이 있었다."라는 구절을 읽었을 때인데.
세상 모든 엄마, 아빠가 바보가 되는 순간이 있듯 수용자 번호 5482의 선택. 어찌할 도리가 없어지는 그런 선택을 지켜보는 동안 깊은 한숨을 쉬게 된다.

가끔 영화의 원작 소설을 챙겨 읽는다. 신체 모든 감각으로 봐야 하는 영화와 달리, 책이 주는 맛이 달라서 특별한 날의 음식처럼 읽고 있다. 아니 먹고 있다.

303

치유와 위로의 틈

'죽음'은 '삶'만큼 여전히 다루기 어려운 소재이다. 아픔이었거나 여전히 아픔인 이야기와 만나면 말문이 닫힌다. 누가 내 입을 틀어막은 것도 아니고 내 가슴이 그리 딱딱하게 굳은 것도 아닌데….

그렇다. 우리는 다른 사람에게나 자신에게도 위로하는 방법을 잘 모른다. 그래서 그런가, 웰빙이란 말을 입에 달고 살던 시절을 거쳐 '힐링 시대'에 갇혀 있다. 스스로 문을 열고 들어간 적도 없는데, 곳곳에 힐링이 깔린 이유는 뭘까?

우리는 몸이 기억하는 것과 머리로 떠올리는 것에 차이를 둔다. 흔히 "예전이 더 살 만했단 말이야. 그래도 그때는 사람 냄새가 나는 세상이었잖아."라는 이야기를 들어 봤다면 조금 이해하기 쉽지 않을까.

편리성이나 물리적 조건을 두고 보면, 과거보다 현재가 훨씬 편한 세상이다. 문을 열고 나가면 쉽게 먹거리를 구할 수 있고, 다른 세상이 궁금하면 꾸러미 하나 챙겨 떠나면 그만이다.

인기 있는 영화를 보기 위해 수백 미터 줄을 설 필요도 없고, 보고 듣고 말하는 모든 것을 거의 모니터로 충분히 나눌 수 있다. 그런데도 뭔가 비어 있고, 또 부족하다. 흔히 섞어 쓰지만, 치유와 위로는 전혀 다르다. 치유는 병적 징후에 대한 처방이 필요한 부분이다.

그렇다면 위로는? 상처받은 마음을 보듬는 것.
비어 있는 마음을 애써 채우려 하지 않고, 그 상태로 어루만지는 것은 아닐까.

305

삶을 이루는, 사물과 배경은 다르다

멀리 보면 '배경'만 보이고
가까이 다가서면 '사물'만 보인다.

현상을 바라보는 시점에 따라 이야기 시작은
방향도 다르고, 결과도 달라지기 마련이다.
어찌 보면 삶도 그렇다.

예나 지금이나
꽤 복잡한 세상사를 먼저 살다 간 현인들 모두
한결같이 이런 말을 전하고 싶지 않았을까.

"사물도 배경도 함께 봐야 오롯하다."

주연처럼 도드라지게 살아가고 싶지만
사람들 대부분은 배경으로 남아 이야기의

밑바탕이 된다.
어지럽고 시끄러운 세상 한가운데 있다 보면
간혹 배경으로 남아 있을 때가 행복하다.

삶의 이야기를 짓는 방식은 다양하다.
또렷한 사물을 중심에 놓고 짓는 방식과
배경으로부터 구체적 사물로 들어가는 방법도 있다.
어떤 방법으로든 이야기는 만들어지고 또한
생산된다.

주연이든 조연이든
삶의 무게를 놓고 보면 어느 쪽이든 가볍지 않다.
함부로 할 수 없는 세계란 것도 있고
또 제 것이 제일이 아니라는 것을 깨닫는 날.

천천히 볼 수 있는 세계가 있고 또한
느리게 보이는 세상도 있듯 삶도 그렇다.
그 가운데 놓인 사람도 그렇다.
네가 그렇듯

나도 그렇다.

그 끝에서, 날다

생명을 지닌 모든 것은 경이롭다. 아니 어느 때는 아름답기까지 하다. 예쁘거나 잘나서 지닌 '아름다움'과 다르다.

작은 미물이라도 넘치거나 모자람 없이 어찌 그리 제 삶을 잘도 품는지. 간절한 바람에 욕심을 더하지도 않는다. 욕망을 헛되이 부풀리지도 않는다. 저 스스로 품을 만큼의 세상만 취한다.

딱 그만큼의 삶을 살아간다. 가만히 보고 있으면 참, '유유(悠悠)하게 유유(幽幽)하다.' 작고 작은 저 위대함이 참으로 바지런히 바스락거린다. 빨간색 몸에 검은 점 무늬가 있는 무당벌레는 익충이다.

그러니까 사람에게 도움을 주는 '자연의 벗'인 셈이다. 308

온종일 사부작거리며 다니면서, 작물에 피해를 주는 진 딧물을 잡아먹고 살아간다. 야외에서 이 작고 예쁜 무당벌레를 만난다면 가만히 살펴보자.

가느다란 줄기를 따라 올라가던 무당벌레가 날아오르는 시점은 과연 언제일까. 무당벌레는 가장 높은 곳에 올라서야 날아오르는 습성을 지녔다고 한다.

촘촘하게 제 길을 걷다가 어느 끝에 다다라서야 날개를 편다. 무당벌레는 왜 높은 곳까지 올라서야 날아오를까?

누군가의 말로 위로 받을 수는 있어도, 누군가의 말로 날아오를 수는 없다. 누구에게나 선택의 몫은 '스스로' 다. 마치 가장 높은 곳에 올라서야 비상(飛上)을 준비하는 무당벌레처럼! 날아오를 때를 알아야,

비로소 날 수 있다.
날아오르는 것만큼 그때를 묵묵히 기다리고 또

아는 것도 가볍지 않다.

때론 '꿈보다 삶이 먼저' 일 때가 있다

지금도 인생 선배님들 앞에 서면 여전히 어리지만, 지금보다 훨씬 어렸을 때. 그러니까 중학교나 고등학교에 다닌 무렵 간혹 듣는 소리가 한 도막 있었다. "도대체 너는 꿈이 뭐야?"라며 앞뒤 자른 소리였다. 말이 아니라 소리라고 기억하는 건 그들은 뱉어 냈고, 난 듣는 입장이었기 때문이다.

적어도 말이란 서로 나누는 것이지, 토해 내놓는 것은 아니라고 지금도 그리 생각한다. 간혹 잘난 척하기 좋아하는 또래가 한두 명 있었지만, 대부분 나보다 나이 많은 사람에게서 듣던 소리였다.

학교 다닐 때는 선생님이란 이름표들이었고, 사회에 나와서는 선배님이라는 신분증을 목에 매달고 사는 사람들. 그들로부터 듣던 소리 가운데 "꿈이 뭐냐?"는 어느

새부터인가 "열심히 해."로 바뀌어 들렸다. 그러니까 '꿈은 열심히 하는 사람들만의 것'으로 누군가 바꿔 놓은 것. 꿈은 좋아하는 것을 찾아 떠나는 여행이 아니라, 피땀 흘려 노력해서 얻는 결과물. 그러니까 전리품처럼 여겨졌다. 싫었다. 그들이 만들어 놓은 꿈이란 것.

그러니 그 틈에서 허우적거리기 싫어서 간혹 일탈이란 걸 했다. 그 당시에는 마뜩하게 속을 열고, 이야기를 나눌 멘토는 커녕 선배조차 찾기 힘든 시절이었다. 무언 가를 물으면 "그것도 몰라?"가 날아다니던 시대였다. 묻는다고 답해 줄 사람도 적었지만, 물었을 때 올바른 답을 찾기도 버거웠다.

그저 "이건 나만의 노하우야."라는 식의 비밀이 추앙 받던 시대였다. 모르면 모르는 대로, 알면 아는 대로 비 슷한 하루를 살아갔다. 따지고 보면 그것도 그리 불편 하지는 않았다.

지금도 후배들 앞에 서면 나이 든 편에 속하지만 지금 보다 조금 덜 나이 먹었을 때, 그러니까 내가 선배님으로 불리기 시작하면서부터 내 행동에 작은 변화가 일기 시작했다. "꿈이 뭐야?"를 물어본 기억이 별로 없다. 대신 "좋아하는 건 뭐니?"라든가, "뭐 하고 놀고 싶어?"라는 식이었고 일과 관련해서도 다르지 않다.

"꿈+노력=성공"이란 공식에서 벗어났기 때문이기도 하지만 꿈이나 노력이 '성공'에 닿지 않고, '행복'에 닿았으면 하는 바람. 그리하여 나와 우리는 그 작은 실천을 하고 싶은지도 모른다.

그렇다고 후배들에게도 비슷한 공식을 강요할 생각도 없고, 그러고 싶지도 않다. 다만 누군가 "선배님~"하고 물어 올 때, 그 사람의 이야기를 들어줄 정도의 여유만 남아 있으면 좋겠다 싶다. 이야기를 나눈다는 건 사실 듣는 마음으로부터 비롯한다. 잘 듣는 건 그 자체로도 충분한 말을 건네는 것과 같기 때문이다.

그런 방식으로 이야기를 나누다 보면 상대로부터 혹은 나로부터 작은 발견을 할 때도 있다. 그런데 간혹 놀라운 건 우리가 '기성세대'라고 치부하는 이들에게서 놀라울 만큼 싱싱한 꿈이나 생각을 엿보는 경우가 있는데 그때마다 절로 고개가 숙여진다.

또 반면, '청춘시대'를 살고 있는 젊은 친구들의 감정이 너무 굳어 있어 안타까울 때도 있다. 알고 있는 정보가 많아 논리적이고 이성적인 반면, 몸이나 마음으로 부딪혀 깨달은 경험이 적어 '주장만 센 아이돌'을 만나는 듯 간혹 불편할 때도 있다.

아무튼 어느 세대이든 '꿈꾸고 있는 청춘'을 만나는 건 기분 좋은 일이다. 시원한 바람을 온몸으로 맞이하며 너른 들판에 서 있는 듯 상쾌하다. 반면 그렇지 않은 경우에는…. 글쎄, 재미없다. 맛없는 음식을 꼭꼭 씹어 삼키는 기분이다.

나는 언제부터인가 '꿈'을 묻지 않는다. 허기지고 불편한 '꿈' 대신 그의 하루, 그 하루가 모인 '삶'을 들여다보려고 애쓴다. 때론 '꿈보다 삶이 먼저'일 때도 있으니까 말이다.

313

밥힘(力)과 밥심(心)

사람과 사람이 가까워지는 방법은, 한둘이 아니다.
'함께' 밥을 먹거나 여행을 가거나 술을 마시거나 밤하늘 별을 보며 밤을 지새우는 것. 얼핏 쉽고 간단해 보이는 일들이 때론 고역에 가까운 형벌이 되기도 한다.

왜 그럴까? '술'은 조금 불편한 관계를 지닌 사람과도 마실 수 있다. 그러나 '밥'은 조금이라도 불편한 사람과 마주 앉아 먹기 힘든 '감정선'을 지녔다.

'술'이야 취해 가면서 불편한 관계가 가려지니_그렇다고 가까워졌다는 것은 아니다_그럼으로써 그 자리를 용케 '술김'으로 버틸 수 있다는 말이다. 게다가 술이 깬 뒤에 판단은 명확해진다.

다행히 술자리로 인해 그와의 관계가 가까워졌다면 모를까. 그렇지 않다면 이런 식으로 마침표를 찍게 되는데 "내, 다시는 그 사람과 술을 마시지 않으리라." 정도가 되지 않을까.

그런데 '밥'은 목구멍으로 넘어가는 과정이 지나면 바로 효과가 나타난다. 마주 앉거나 곁에서 함께 수저를 뜨고, 젓가락으로 반찬을 집어 든 그 사람의 일거수일투족이 답답해져 오고, 결국 '체증'을 불러일으킨다.

밥을 먹고 난 뒤 이내 속이 불편해져 오니, 불편한 사람과의 밥자리를 그저 '허기 채우는 과정'으로 치부하기에는…. 그 부담감이 너무 크다. 예전에는 '술의 힘'을 빌어 관계를 잇곤 했다.

선배들이 그러했듯이 나 역시 그랬다. 요즘도 간혹 술자리에 앉지만 예전과는 달라진 몇 가지가 있다. 술잔을 놓아두고 말을 '열거나 혹은 닫거나' 둘 가운데 하나다. 불편한 술자리를 피하는 편이니, 자연스럽게 술을 마시는 횟수도 줄어들었다.

315

간혹 후배나 동료가 "한잔 어때요?"라고 하면, 그와 나의 사이에 놓인 '틈'이 불편한가 아닌가를 생각한다. 예전에는 그러지 않았던 '생각'이 요즘 들어 깊어진다. 사회 생활의 버거움이란 것이 어디 '위아래' 어느 한쪽에 국한되어 있을까.

누구나 저마다의 불편함을 '뱃살에 붙은 지방 덩어리처럼' 달고 산다. 뺄 수 없으니 갖고 가는 것처럼 혹은 마지못해 끌어안은 삶을 두고 '위아래' 어디가 더 고통스럽다고 쉽게 단정 지을 수는 없지 않을까.

간혹 어르신들이 하시던 말씀이 떠오른다. 밥을 먹고 힘을 내라는 의미도 있겠지만, 요즘은 "밥을 먹으면서 마음(心)을 나누렴."이라고 들린다. 하긴 힘(力)이든 심(心)이든 무슨 상관이 있으랴.

"일을 하려면, 밥심으로 하는겨!" 어김없이 오늘도 점심시간은 찾아온다. "밥 먹으러 가시죠."라고 했을 때, 함께 수저를 들 사람이 있다면…. 우리의 삶은 아직 괜찮다는 이야기 아닐까.

고마운 얼굴들을 떠올리며

제 인생에는 고마운 분들이 참 많습니다.

이런 기회라도 있을 때면 꼭 감사 표시를 하고 싶네요.

인사는 해도 해도 모자란 듯하니까요.

감사합니다.

제 곁에 있어 주셔서….

최영완 와이프님, 정재윤 대표님,

정대성 대표님, 안익태재단 차응선 이사장님·

고문 김계희님, 김남준, 김다희, 김상실, 김윤삼, 김용전,

박재균, 배연수, 오동원, 윤재환, 이대성, 이용한,

박종진, 정금면, 황호율, 이현정, 김성수, 김현배,

박강규, 박공훈, 박영만, 박종태, 서재현,

신재철, 엄익환, 유록식, 염덕길, 유재목, 정재벽,

정재술, 조정균, 홍현아 그리고 독자 여러분

고맙습니다.

비가 옆으로 내리는 날

1판 1쇄 인쇄 2019년 6월 14일
1판 1쇄 발행 2019년 6월 20일

지은이 손남목
발행인 김성용

편집 이연하, 전유영
교정 김은희
디자인 단팥빵과흰우유
펴낸곳 푸른쉼표

주소 서울시 마포구 월드컵북로 4길 77, 3층 (동교동, ANT빌딩)
구입문의 02-858-2217
팩스 02-858-2219